TO

双子探偵 詩愛&心逢
さようなら、私の可愛くない双子たち

鈴木大輔／著
深崎暮人／イラスト

TO文庫

目次

Interlude　sideS-1

私はかつて双子の娘を捨てたことがある。

初めに断っておくが私は人でなしだ。血を分けた実の娘、腹を痛めて産んだ双子たちを捨てたことはもちろん、それ以外にも色々とやらかしてきた。天罰もすでに下っている。三十代の半ばにして余命三ヶ月。まあ妥当な結果だろう。未練も本来、これといってないはずだった。


はずだった、というのはつまり、今は気が変わったということである。

ふと会ってみたくなった。捨てた娘たちに。

私は大慌てで準備した。様々な小細工を施《ほどこ》し、自分の素性も可能な限り隠せるよう手はずを整えた。ついでにちょっとした報酬とゲームも用意した。

娘たちは私が誰なのか気づくだろうか？　それとも気づかないだろうか？

どちらでも構わない。むしろ気づかれない方が、良き人間にあるべき振るまいだろう。気づかれたとしても……それはそれで見物になるはずだ。どちらに転んでも私に損はない。

それにひとつ、娘たちに解いてもらいたい謎がある。十年の長きにわたって私には解けなかった謎だ。娘たちなら、あるいは解けるかもしれない。

私の名前？【白雪美鶴《しらゆきみつる》】と名乗っておこうか。

双子の娘は白雪詩愛《しあ》と白雪心逢《みあ》。今ごろはきっと、私そっくりな美人に育っていることだろう。

マネージャーを連れて羽田行きの便に乗りながら、私は次第にうきうきした気分になってきた。

さすがの私もこの時に至るまで思いもしなかったのだ。

人殺しの罪に向き合うのが、こんなに清々《すがすが》しい気持ちになる行為だったなんて。

Day0

泣けなかった。母が死んだというのに。

病気が見つかってからは本当にあっという間だった。ほんの一ヶ月か二ヶ月。闘病生活はあまりに短く、みるみる痩せ細りながらも『まあ人生こんなもんでしょ』と笑い飛ばす母の顔から生気が失われることはなく、レッド・ホット・チリ・ペッパーズと大江健三郎の話で盛り上がった翌朝にはもう、白雪静流《しずる》は眠るように息を引き取ってしまった。

故人の遺志で葬儀は執り行わなかったからほとんど火葬場に直行だったし、書類仕事の手続きはあらかじめ母が依頼していた弁護士が黙々とこなしてくれたし、その弁護士がまだ存命していた祖母であったこともその流れで初めて知ったし、母の遺品の整理は専門の業者がビジネスライクに済ませてくれたし、祖母の家に引き取られることになった後は新しい土地と新しい学校での生活で手一杯になった。

気づいたら数ヶ月が経ち、白雪詩愛と白雪心逢は親なしの身となった双子の姉妹として好奇の視線を向けられることにも慣れ、火葬場で嗅いだ魚が焼けるような遺骨のにおいも次第に記憶から薄れていった。

さらに五年の時が流れた。母の遺伝子はこの上なく自らの使命を果たしていたようで、詩愛と心逢の姿は若い頃の母に瓜ふたつとなった。

がしかし、それはただ本当にそれだけのことだ。元から母の交友関係は少なかったし、かつて暮らしていた東京都渋谷区とは縁が遠くなり、『一卵性の双子ってほんとに似てるんだね』と感心されることはあっても『あなたたちってお母さんに似てるんだね』と指摘されることはなくなった。母と絶縁状態にあった祖母は絵に描いたように寡黙で頑な人で、実の娘にあたるはずの白雪静流について語ることは皆無に等しかったから、今となっては白雪静流という女性がかつて存在していたという事実は、すっかり輪郭のぼやけたものに成り果ててしまった。まるで壁に貼られたまま、陽に焼けて色あせてしまった写真のように。

今でもまだ、双子は泣けないでいる。

シングルマザーとして女手ひとつで育ててくれた母の死を、母の生を、うまく咀嚼できず呑み込めず、そもそも触れることさえできずにいる。とりもなおさずそれは、双子たちがまだ母の死という出来事を、宙ぶらりんのままにしていることを示してもいた。

それでいて興味を無くすわけにもいかなかった。いつまでもしつこく消えない熾火のように微妙な気持ちを抱えつつ、それでいて母の死を何かの形で昇華したり、定義したり、ある種の再解釈を加えることもできないままでいた。

双子たちが血も涙もない娘たちだから、というわけではない。

　それは彼女たちなりの自己防衛だった。涙を流さないのは自らの選択だった。少なくとも詩愛も心逢も、過去ではなく未来を向いて生きようとした。たとえそれが、母の存在を自ら遠ざける結果になるのだとしても。


　そんな折だった。

　ふたりのもとに奇妙な手紙が届いたのは。

†

　その手紙が届く前の双子は、中学三年生の夏休みを退屈に過ごしていた。

　日本の真ん中にある某県某市の、とある一軒家の、とある一部屋。

　姉の詩愛は音楽を聴いている。

　ヘッドホンで両耳を塞ぎ、天を仰ぐようなポーズでソファーにもたれかかり、盤上没我といった体《てい》で自分の世界にのめり込んでいる。リラックスとは真逆、まるで論文に矛盾を発見してしまった哲学者のように眉を寄せて、両目を閉じている。

　妹の心逢は小説を読んでいる。

　速読の彼女はページをめくるスピードが速い。左右の瞳が、ページの右から左へ、最新型の工業用ロボットみたいなリズムで小刻みに動く。ぺらり、はらり。ページをめくるかすかな音は、単調な中にもビートにうねりの利いた、ある種のジャズのようだ。

「ねえ詩愛さん」

先に苛立った声をあげたのは、妹の方だ。

「ちょっと詩愛さん。聞こえてますか？　ヘッドホン外してもらえます？」

「……なーに？」不機嫌顔で姉の詩愛がヘッドホンを外す。「今いいとこなのに」

「音。漏れてます。詩愛さんのヘッドホンから」

「漏れないよ。これ遮音性の高いやつだし」

「漏れてますから。今ボリュームあげましたよね？」

「アルバムのいいところなのよ。【フラッシュバック】から【未来の欠片《かけら》】」

「知らないですからそっちの音楽事情は。ボリューム下げてください。気が散ります」

「どんだけ神経質なの。そっちが耳栓すればいいじゃん」

「それは嫌です。気が散るので」

「じゃあ出てけばよくない？　この部屋から」

「ここは心逢の部屋なので。出ていく理由がありません」

「心逢ちゃんだけの部屋じゃなくて、自分の部屋でもあるんだけど？」

「というか詩愛さん、部屋の片付けやっていませんよね」

「今日の当番は自分じゃないんで。心逢ちゃんの当番だし」

「詩愛さんは昨日サボりました」

「その前は心逢ちゃんがサボったじゃんか」

ふたりはにらみ合った。

すぐに視線を外した。

詩愛はヘッドホンを着け直し、心逢が小説に目を落とす。

家の事情でひとつの部屋を共有する姉妹も、夏休みの退屈に飽いて小競り合いする姉妹も、世にごまんといるだろう。

ただしこのふたりはやや事情が異なる。

第一に、彼女たちは一卵性の双子だ。姿形も声もよく似ている。今はお互いのしゃべり方に差をつけるようにしたため、さほどでもなくなったが、かつては姉妹の見分けがつかない人も多かった。髪形と服装をそっくりにしてお互いを入れ替えるいたずらも、過去に何度かやったことがある。

第二に、彼女たちには両親がいない。父親は最初から存在しなかったし、母親は五年ほど前に亡くなった。今は祖母の家に身を寄せている。

第三に――おそらくはこれが、詩愛と心逢がたまに小競り合いを始める最大の理由――部屋にモノが多かった。CDやLPやアンプやギター、小説に漫画に映画のDVD。結果、モノで部屋が圧迫される。圧迫されるとパーソナルスペースが狭くなる。狭くなると姉妹ふたりの距離が縮まって衝突が起きる。

それでも家庭の都合により、使える部屋はひとつきりだ。

仕方なくふたりは顔を付き合わせて、十畳サイズの部屋で時間を過ごすことになる。やりたいことはあっても先立つものがなく、何かを思いきるだけのきっかけもなく、家にあふれているコンテンツをひたすら消費するのに貴重な青春を費やす羽目になる。

それが双子たちにとって定番といえる長期休暇の過ごし方であり、来春に受験を控えているこの年の夏休みもそうなるはずだった。

†

事情が変わったのは某日の昼さがり。

夏日は続くものの、障子を開け放していれば涼しい風が通る。やや標高の高い場所にあるこの家は、冬は寒さが厳しいものの、夏は比較的過ごしやすい。

蝉《せみ》しぐれ。

風鈴が奏でる音。

ぱらりぱらりと小説のページがこすれる音。

穏やかな顔で【D坂の殺人事件】のページをめくっていた心逢の眉が、あからさまにひそめられた。どたばたと聞こえるガサツな足音。姉の詩愛が外出から帰ってきた音だ。

「ねえ心逢ちゃん」

部屋に入るなり詩愛が話しかけてきた。

心逢は聞こえないふりをしてページをめくり続ける。

「ねえ心逢ちゃんってば」

「…………」

「聞けよ」ドンッ。心逢が座っているソファーの背中を蹴る音。

「……いま心逢は忙しいんですが？　邪魔しないでもらえます？」

「いつもどおり本読んでるだけじゃん。なんか変な手紙が来てんの。ほらこれ」

詩愛が差し出したのは、一風変わった封筒だった。

凝った作りがされている。紙は上質。あえてヴィンテージ感を演出した印刷。想起されるコンセプトはヴィクトリア朝時代に貴族の間で交わされた書簡――といったところだ。住所はわざわざアルファベット表記。ただし消印は普通に現代の日本のもので、東京都の渋谷区から投函されたものらしい。差出人の欄には【NAZO MAKER Inc.】とある。聞き覚えはないが、どこかの会社か法人なのだろうか。

「宛名は――白雪詩愛様、白雪心逢様。……心逢たちふたり宛に？」

「だね」

「詩愛さんは心当たりあります？」

「ない。てことは心逢ちゃんも？」

「ありません」

宣伝目的のダイレクトメール――にしては、どこか違和感があった。宛名も住所も手書きされている。手当たり次第に一斉送付している郵便物、という感じがしない。そもそも封筒の作りがふるっている。ミステリに多少の心得がある心逢にとっては特に、興味を引かれる趣がある。

「開けていいのかな？　これ」

「変な詐欺とかありますからね、今時は」詩愛に問われて、心逢はあごに手を当てて考える。「おばあさまに相談した方がいいんじゃないでしょうか。中身が何なのか気にはなりますけどね」

びりびり。

詩愛が封筒の封を切った音だ。

「……ねえ詩愛さん。今の話聞いてました？　なんであっさり手紙を開けたんですか？」

「爆弾が入ってるわけじゃあるまいし。別に開けても問題ないかなと」

「最初から開けるつもりならなんで心逢に相談したんですか」

「そりゃするっしょ。自分と心逢ちゃんの宛名になってるんだから」

「んもう」

心逢は小言を並べようとして、すぐに口を閉じた。

封筒の中から思わぬものが出てきたからだ。

新幹線のチケットが二人ぶん。東京行きの。

それと招待状らしき紙がこれも二枚。名刺サイズの用紙には【リアル謎解きゲーム――〝さようなら、私の可愛くない双子たち〟】と記されている。

さらに便せんが同封されていた。

手書きの文字でこう綴られている。

『招待状

白雪詩愛さま
白雪心逢さま

貴殿ら二名は当ゲームのテストプレイヤーに選ばれました。

つきましては、添付別紙に記載の日時に、待ち合わせ場所までお越しいただけましたら幸いです。詳細の儀は、当日に直接お会いした上でご説明させていただきます。

追伸：別途、現金書留を郵送いたしますので、旅費等としてご査収ください』

「……なんなんこれ」

「招待状じゃないですか？」

「だからなんなのそれ」

「知らないですよ心逢に聞かれても。どこかのゲーム運営会社が送ってよこした手紙、っってことになるんじゃないでしょうか。今どきは多いですもんね、この手のリアルイベントって」

「ゲームのタイトルに双子って書いてあるね」

「それで心逢たちに連絡をつけてきた、ってことですか。それにしてもアナログの手紙でいきなり、というのはどうかと思いますが」

封筒からは別のものも出てきた。

使用済みとおぼしき絵はがきだ。十枚ある。それぞれにどこかの都会とおぼしき写真がプリントされている。

「……なんなんこれ？」

「絵はがきですね」

「見ればわかるってそれは」

「リアル謎解きゲーム、って書いてありますから。それに使うアイテムか何かじゃないでしょうか」

「ふーん。ちょっと気になるかも」

「心逢にはもっと気になることがあります。現金書留を郵送、というのは？」

「ああ。これのこと？」詩愛は茶色の封筒を無造作に取り出して、「こっちも開けてみよ」

「あっ、ちょっとまた勝手に！　世の中には変な詐欺とかあるんですから、もっと警戒心を持っってですね――」

心逢のお小言はすぐに途切れた。詩愛も思わず目を丸くする。

現金書留の封筒には現金が入っているもの、と相場が決まっている。貯金箱の中に硬貨が入っているのと同じくらい自明の理だが――問題はその金額だった。

一万円札。

合計で十枚。つまり十万円。

まだ中学生の双子にとっては大金だ。

「え、ちょ。なにこれ」詩愛もさすがに焦った顔をする。

「旅費等としてご査収ください、って書いてありますから」心逢も声が震え気味。「もらえる、ってことですよね。このお金。心逢たちが」

「やばくないそれ？」

「やば……い気がしますよね、普通に考えると」

「やっぱ詐欺？」

「詐欺だとして、どういう種類の詐欺なんですかこれは？　普通に現金が受け取れてるわけですけど。こうやって実際に」

「自分らみたいな美少女を呼び出して誘拐して人身売買とか？」

「あり得ますね……美少女はいつの時代も犯罪に巻き込まれやすいものですから」

「じゃあ十万円だけもらって、ゲームのテストプレイとかいうのはガン無視しとく？」

「それはそれで怖いと思いますよ。こういうお金は受け取らずに返してしまうのが安全でしょうね」

「心逢ちゃん。そんなもったいないこと本気で考えてる?」

「いいえ。正直言うと心逢は、この十万円に目がくらんでいます。買いたい物がいくらでもありますから。それは詩愛さんも同じでしょう?」

「……んだねー。十万円はやばい。前から欲しかったもの買えちゃう」

「それにもっと正直に言うと、謎解きゲームのテスト、プレイにもちょっと興味があります。もっともっと言うと、ぶっちゃけ東京に行きたいです。夏休みをずっと田舎で潰すなんて、青春の無駄遣いにもほどがあるじゃないですか」

念のため調べてみたがどうやらお金は本物。

同じく新幹線のチケットも本物。

【NAZO MAKER Inc.】とやらも検索してみると、それらしきサイトがすぐにヒットした。新興の企業のようだが、過去に実績も十分にあげているらしかった。

双子は思いつく限りの議論を交わしたが、結論を出すことができなかった。

その日の夜。

夕食の席で祖母の意見を聞くことにした。

五年ほど前に母が亡くなってから、詩愛と心逢は母方の祖母にあたるこの人のもとに身を寄せている。

しつけに厳しく、そのぶん口数は少なくてプライバシーには思いのほか寛容。

好きなだけ音楽や読書をむさぼらせてくれる、詩愛と心逢にとってはありがたい保護者だが、いささか苦手な相手でもあった。〝肉親と一緒に暮らしている〟というより〝死んだ母がかつて共に暮らしていた縁者の家に間借りしている〟という感覚が姉妹にはある。生前の母と祖母が絶縁の状態だった影響も、多分にあるだろう。

「あのう、すいません」

「実はこんな手紙が届いてまして」

ふたりは祖母に手紙を見せた。

祖母は黙ってそれを受け取り、目を通し始める。

そこはかとなく緊張が走る。学期末に成績表を見せる時みたいに。

そう、と祖母がつぶやいた。手書きの手紙を何度も読み返しているようだ。表情がひどく硬い。

双子はそっとお互いの目を見た。人生に疲れ切ってしまったような雰囲気が、この祖母にはある。中学三年生のふたりには、自分たちよりもはるかに年長の祖母が心のうちに秘めているであろう言葉など推し量れない。

そして長い長い間を置いてから祖母が言った。好きにしなさい、と。詩愛も心逢ももう子供じゃない、あなたたちの好きにしてみなさい、と。ただしなるべく小まめに連絡は入れること。東京に遊びに行けるからといって羽目を外しすぎないこと。

意外すぎる言葉だった。

何も期待していなかった――といえばうそになるが、【NAZO MAKER Inc.】に連絡を取って確認なり照会なりしてみるとか、そもそも一切の関わりを持たないよう厳命するとか、もっと悪ければ警察に通報するとか、そんな対処をされると思っていた。

それがまさか好きにしなさい、とは。

好きにしなさいということは。十万円も、新幹線のチケットも、思うままにして良いということになる。

「江戸川乱歩全集!」

「はっぴいえんど!　LPで全部!」

部屋に戻るなり、双子は弾けるように盛り上がった。

「やっば!　すっごいアガる!」

「ぜったい反対されると思ってたよね⁉」

「ね⁉」

両手でハイタッチ。

からの、両脚でぴょんとジャンプして、お尻とお尻を軽くぶつけ合う仕草。

「えーやばい。ホントやばい。ぜったい買います。江戸川乱歩の全集」

「自分もほしかったんだよね、はっぴいえんどのLP。……ん?　ていうか心逢ちゃん」

「え?　なんですか?」

「江戸川乱歩の全集っていくらするの?」

「んー。心逢がほしいのは二十万とかしますね」

「心逢ちゃんって頭いいのに算数できないの？　十万円じゃ買えないよそれ。自分のはっぴいえんどは五万あればいけるんで。十万円を山分けしてぴったり五万円」

「なんですかそれ。かわいい妹のために十万円ぜんぶくれる、っていう発想はないんですか？　姉として恥ずかしくないんですか？」

「こういう時だけ妹ヅラするやつぅ。——ていうか新幹線！　東京！」

手紙の末尾には、待ち合わせの場所と時間が記されていた。

東京都渋谷区の某所。

ド田舎と呼ばれても反論できない土地に住んでいる双子にとっては夢いっぱいの大都会。

およそ五年ぶりの、生まれ育った街。

「タダで東京に行ける！」

「ライブハウス行ってみたい！　QUATTROとか！」

「本屋さん行きたいです！　アニメ専門店とかも！」

「渋谷のTSUTAYAでよくない？　ぜんぶあるじゃんあそこに」

「それいい！　ぜったい行きましょう！」

再びのハイタッチを交わし、双子はあわただしく旅行の準備に取りかかる。

……心に引っかかるものはあった。ひとつならず、とてもたくさん。

それでも沸き立つ感情は抑えられなかった。

もとより持て余し気味だった。ただでさえ中学生の少女であり、詩愛も心逢もそれぞれ強い趣味嗜好があった。〝東京〟の二文字はふたりにとって、目もくらむ魅力を放つ魔法の言葉だった。〝リアル謎解きゲーム〟のミッションも悪くない。刺激の足りない田舎の暮らしには、こういうスパイスがうってつけだ。

念のために待ち合わせ場所をGoogleで調べてみたが、ごく普通の喫茶店だ。祖母とも小まめに連絡を取るつもりでいる。セーフティーは十分に掛けているはずだ。

いい退屈しのぎ、いい小旅行になる。

この時はまだ、詩愛も心逢もそう思っていた。

Interlude　sideM-1

向き合おう。自分の罪に。


そう決めて私はこの手記を書きとどめることにした。

おそらく意味はない。誰にも読ませるつもりがないから。

だけどきっと正しいことだ。書き終えたら焼き捨ててしまうつもりの言の葉でも、心の内にとどめておくのと、文章にすることには、天と地ほどに違いがある。


——決めたはずなのに筆が重い。

私の本質は優柔不断だ。だけどこれからは違う。違わなければいけない。〝彼女〟のような私でいなければならない。奔放に、闊達に。万事を進めていく必要がある。


私は【白雪静流】。

白雪詩愛と白雪心逢、双子の子供たちの母親なのだから。

……そう自分に言い聞かせてみるものの、鉛を飲み込んだみたいに胃が重い。苦い液体がせり上がってきて、私は思わずその場でえずいてしまった。

ああもう、まったく。

人殺しの罪を背負うことが、こんなに息苦しい行為だったなんて。

Day1

目的地にたどりつくまでてんやわんやだった。

新幹線に乗るのさえ初めてだ。慣れない改札。自由席に指定席にグリーン席。

「指定席ってことはグリーン席?」

「グリーン席はお金持ちの席ですよ詩愛さん。そんなの常識でしょう?」

「でもこのチケットの番号ってこっちだよ、どうみても。グリーン席の方」

「うわ本当ですね。つまり心逢たちはお金持ちということですか」

「お金持ちなのは手紙の送り主ね。VIP待遇だわー」

十歳ぐらいになるまでは亡き母と東京で暮らしていたから在来線は何度も乗っていたが。

新幹線はシンプルに速かった。それに静か。

「うわすっご。文明の利器だこれ。お値段お高いのも納得」

「見てください詩愛さん。ここにコンセントがあります。スマホ充電し放題です」

「ていうか車内販売に食べたいものが売ってない。ショックすぎるんだけど」

「ショックというか何も買ってきてないんですが。食べるものも飲むものも」

「だから言ったじゃん、おやつは買っておいた方がいいって」

「詩愛さんだってノリノリだったじゃないですか。十万円あるし車内販売で王様気分を味わうぜー、とか言って」

ぎゃんぎゃん騒いでいると隣の客に睨まれた。詩愛はあわててヘッドホンで耳を塞ぎ、心逢は素知らぬ顔で文庫本を開いた。

少しの着替えと最低限の日用品を詰め込んだカバンを持って、東京駅まで一時間ちょっとの旅。これだけでもかなりの満足感があった。

東京駅から地下鉄に乗り換え。

広尾駅からは徒歩。かつて住んでいた渋谷区の区内で——双子にとってこのあたりは、ちょっとした縁のある場所だ。

「ゴチャついてるねえ、このへんって」

「渋谷って大体どこでもこんな感じじゃないですか。心逢たちが住んでる今の場所が田舎すぎるだけで」

「でっかい建物もある。あれ大学か何か？」

「病院ですよ。日本赤十字社医療センター」

「あー……。そうだった。忘れてた。ちょい懐かしい」

「いま見ても本当に大きい病院ですね。ひとつの街ぐらいありそうです」

待ち合わせの場所は、その巨大病院のすぐ近くにあった。

歴史を感じさせる外観の喫茶店。こぢんまりとした店構えに色あせた木製のドア。ドアの隣にはガラス張りのショーケース。ショーケースの中に、ホコリを被った食品サンプルのクリームソーダ。

双子はお互いに顔を見合わせてからドアを開けた。

†

待ち合わせの相手はすぐにわかった。

理由はふたつ。

ひとつには、その時間帯の喫茶店に他の客が誰もいなかったこと。

そしてもうひとつには、その人物の見た目があまりにも怪しすぎたこと。

「やあどうも。こんにちは」

依頼人らしきその人物が手を上げてあいさつをしてきた。おそらくはにこやかに。

おそらくというのは、その人物が大きなサングラスをかけていて、同じく大きなマスクで顔を隠していたからだ。真夏だというのにトレンチコートまで着ている。しかもコートの下に重ね着でもしているのか着ぶくれしていて、本来の体形が読み取れない。ご丁寧に頭にはフェルト帽まで被っていて、髪形さえ判然としない。さながらハードボイルド小説に登場する、探偵みたいなファッション。薄暗い店内の雰囲気も相まって、コスプレだとすれば完成度はかなり高い。

「白雪詩愛くんに白雪心逢くんだね？　さあどうぞ座って。それと注文を。好きなものを頼んでもらって構わないよ」

くぐもった聞き取りづらい声で、その人物は手招きしてくる。四人席の向かい側に座れ、というジェスチャーなのだろうが、

「えーと……」

詩愛が困惑しながら妹に耳打ちした。

「どゆことこれ？　もう〝始まってる〟ってこと？」

「そう……なんじゃないですか？」

心逢も困惑しながら姉にささやいた。

「リアル謎解きゲーム、ってことでしたから。いわゆる〝形から入る〟ってことなんじゃないでしょうか」

「キャラ作りの一環？」

「たぶ……ん？」

「さあどうぞ」待ち合わせ相手が再び促してきた。「座ってくれないと話もできない」

双子は席に着いた。かなり腰が引けている。

「注文は好きなものをどうぞ。そのあとでさっそく本題に入ってもいいかな？」

「いや全然よくないっす」詩愛が即答した。「もうちょっといろいろ説明してもらえないっすか？　自分らほとんど何もわからずここに来てるんで」

「ゲームのテストプレイ、ってことでしたけど」心逢も続いた。「具体的にはどんなこと

を？　というか他には誰もいないんですか？　私たちふたりだけ？」

「最初に確認しておかねばならないね」

依頼人がメニュー表を差し出しながら言った。

「ルールその一。この場の主導権は私にある。質問は好きにしてもらって構わないが、私がそれに答えるとは限らない。また正しい答えを口にするとも限らない」

「……というルールのゲーム？」詩愛が眉をひそめた。「ってことっすか？」

「ルールその二。私の発言をどう解釈するかは君たちの自由だ」

ロールプレイング、という概念がある。

いわゆる〝キャラのなりきり〟。詳しくはないものの、サブカル絡みの界隈《かいわい》にそういう概念があることぐらいは、双子もぼんやりと知っていた。

招待状の送り主は、目の前にいる人物とみて間違いなさそうだが……見た目もしゃべり方も仕草もすべてが大仰すぎる。少なくとも、現実に存在する人物の素の姿であるとはとても思えない。

詩愛と心逢は顔を見合わせてアイコンタクトを取った。このあたりは双子の呼吸の妙、普通の人間よりは気脈を通じることができる。

さしあたりは言い分を聞いたところで実害はなさそうだ、と彼女たちはみた。依頼人から渡されたメニュー表を開いて注文するものを選び始める。

双子たちの反応を肯定と受け取ったのだろう。依頼人が続けた。

「ルールその三。依頼を受けるのも受けないのも君たち次第、途中でやめるのも続けるのも君たち次第。それと前金はもう君たちのものだからね、好きに使ってくれていい。依頼を成し遂げたら後払いの報酬も払おう」

「気前が良いんですね」心逢が言った。「本当にもらってもいいんですか？　あの十万円。未成年に払う金額としては多すぎないですか？　領収書とか要らないんですか？

【NAZO MAKER Inc.】とかいう会社か何かの人なんですよね？」

「とても良い見立てだし、とても良い質問だ」

くぐもった声で依頼人は笑った。マスクをしているせいもあるのか、やはり声が聞き取りづらい。

「だがここでもうひとつの確認をしておこう。ルールその四。〝私の正体を詮索《せんさく》しないこと〟。それがこの依頼の前提条件だ」

依頼人の手元にはコーヒーカップが置かれている。とっくに冷めて湯気は出ておらず、口をつけた形跡もない。

「私は謎の依頼人として君たちに接する。それが納得できないなら話はここで終わりだ。適当に渋谷の見物でもして家に戻るといい。前金の十万円も返さなくて結構」

「……気前、本当に良すぎません？」

「だが興味は湧いてくるだろう？」

心逢はくちびるをひん曲げた。図星を指されている。

「お金の心配はしなくていい。滞在にかかる費用の一切はこちらで出す。宿泊先の手配も任せてもらおう。一日や二日ではこなせない依頼になる。連絡先はあとで交換。ビジネス上のやり取りはそれで済まそう」

詩愛と心逢はふたたび顔を見合わせた。

不安と戸惑い。それに勝る好奇心。

うまい話には裏があるというが、今のところ危険な雰囲気は感じない。手を挙げて店のスタッフを呼ぶ。詩愛がクリームソーダを、心逢がカフェオレを注文する。

「さて肝心の依頼の内容についてだが。絵はがきは持ってきてるね？」

「手紙の中に入ってたやつっすか？」

十枚の絵はがきをテーブルの上に広げた。

双子はあらためてそれらを眺める。

「で、なんなんすかこれ？」

「どうぞ。手に取ってみて」

言われたとおり、あらためて手に取ってみる。

絵はがき。十枚。絵柄はまちまち。どうやら都会の光景をプリントしたもの、ということは共通しているようだが、それ以外の共通点はパッと見ではわからない。

裏返してみた。消印が押されていることからして、使用済みの絵はがきだということはわかる。宛先はすべてアルファベット表記。日本から海外に向けて郵送されたものだが、差出人の名前も受取人の名前も書かれていない。

「この絵はがきの謎を解いてもらいたい」

　依頼人は言った。

「それが君たちへの依頼だ」

「謎……って言われても」心逢が首をかしげる。「この絵はがきの何が謎なんでしょうか？　普通の絵はがきにみえますが」

「差出人の名前と受取人の名前が書かれてないのはまあ、ちょっと変かな」詩愛も眉をひそめる。「でもそれだけって言えばそれだけにみえる」

「それも謎のうちさ」依頼人が肩をすくめた。「君たちが解くべき謎にふくまれる」

「ヒントは？　他にないんです？」と心逢。

「とっかかりが何もなさすぎるよね」相づちを打つ詩愛。

「いま現在、君たちに示しているものがすべてだ。この条件で謎を解いてもらう。そして謎の解答を提示できるのは一度きりだ。何度も誤答を繰り返して正解にたどり着く、という道のりはたどれない。一発勝負で決めてもらう。その方が自ずとゲームの緊張感も湧いてくるだろう？」

　双子は顔を見合わせる。

　ゲームというならば、確かにそういうルールの設定も妙味か。そもそも否やを口にできる立場でもない。やめるも続けるも自由、とも言われている。

「それともうひとつ条件をつける」依頼人は淡々と告げた。「ペナルティを設定しよう。謎解きが一日遅れるごとに、君たちにはリスクを負ってもらう」

「えっ」

「なんですかそれ」

詩愛と心逢は警戒をあらわにした。

あやしい見た目をした依頼人の、意味のよくわからない依頼だ。金払いが良すぎるほど良いだけに、どんな要求をされても不思議ではない。双子の美少女に対する理不尽な要求といえば、いかがわしいことと相場が決まっている。詩愛と心逢が身構えるのも当然だったが、

「ペナルティは君たちの魂」

「え？」

「は？」

依頼人の提案は想像の斜め上をいっていた。

発言の真意をはかりかねる。返答の仕方が思いつけない。双子はふたりして口をつぐみ、お互いと依頼人とへ交互に視線を向けている。

「ただの比喩表現さ。物理的に君たちの命を頂こうと言ってるわけじゃない」

そんな双子の心理を見越したように、依頼人が笑う。

「具体的にはね、君たちの話を聞かせてもらおうと思っている。もちろんただの雑談では

ペナルティにならない。君たちの心のうちを晒《さら》してもらおうか。たとえば君たちが普段はとても口にできないような秘密――なんかはちょうど良い。そういった秘密は得てして身を切るものになる。ある意味では魂と引き換えと言ってもいいだろう」

「心のうちを晒す……？」

「秘密って言われても……」

双子はふたたび困惑する。そんなものを聞いて、この依頼人にとって何になるというのだろう。リアル謎解きゲームとやらに何の関係があるのだろうか。単なる変質者であれば、中学生女子の秘密を知りたがるのは普通の思考かもしれないが、そもそも何をもって秘密だと判断するのだろうか？　詩愛と心逢が適当な話をでっちあげたとしても、依頼人にはわかりようがないのでは？

「何を君たちの秘密として語るか、あるいは何をもって秘密と定義するか。それも君たちに任せる。この条件で依頼を受けるかどうかも、もちろん君たちに任せる」

「期限は？」と心逢。「いつまでに謎を解けばいいんですか？」

「私がこの街を離れるまでに」

「いつこの街を離れるんですか？」

「言わない。意外と長く居るかもしれないし、ある日ふらっと街を離れるかもしれない。その場合でも前金を返せとは言わないよ。……ああそうだ、後払いの報酬の話がまだだったね」

依頼人は人差し指を一本立てた。

ご丁寧に、手には黒い手袋がはめられている。自分の正体は何が何でも隠すという意志が強く伝わってくる装いとみえる。

そして依頼人は条件を提示した。

「一億円」

双子は固まった。

詩愛は口をぽかんと開け、心逢は目を丸くしている。

「ひとりで一億円。ふたりで二億円。謎が解けたら報酬として渡そう。金額が金額だからね、支払い方は依頼が解決した後で相談するのがいいだろう。それと今のうちに連絡先を交換しておこうか」

言われるままに詩愛と心逢はスマホを差し出した。あまりに巨額の報酬を提示されて、思考が停止してしまっていた。

連絡先を交換してから依頼人は立ち上がった。まるで老人みたいな、ひどくゆっくりとした動作だった。

「話は以上。明日また同じ時間にこの場所で会おう。君たちが姿を現さなかったら、その時点で依頼を放棄したとみなす。明日まだ謎が解けていなかったら君たちにはペナルティを支払ってもらう」

依頼人が微笑《ほほえ》んだように見えた。

サングラスにマスク、夏にそぐわない着ぶくれたトレンチコート。これだけでも意外なほど素性が隠せるものだと、詩愛と心逢は妙なところで感心した。

「さあゲームの始まりだ。君たちが楽しんでくれることを祈っているよ」

Interlude　sideS-2

私は喫茶店を出て、マネージャーが同乗するハイヤーに乗った。

双子たちが後をつけてくるかもしれない、と懸念したが、杞憂だった。私が何者なのかを気にしていただろうが、まずは様子見、と判断したのかもしれない。〝正体を詮索するな〟と釘を刺したのも効いているはずだ。まあ彼女たちの賢さが一定の水準に達していれば、いずれ私が言ったことの矛盾に気づくだろうが。

そもそも彼女たちにはやるべきことが山ほどある。私が提示した謎に取り組むにせよ、東京でのひと夏を満喫するにせよ、時間はいくらあっても足りるまい。

私の罪について。

予想していたとおり、私の心には何らの苦みも湧いてこなかった。開き直っているのか、そもそも私に人として真っ当な感情がいくらか欠けているのか……まあこれは後者だろう。私は私が欲した天才たりえなかったが、厚顔無恥《こうがんむち》という点においては神から愛されていたようだ。

私の心は浮き立っている。あの双子は何を考え、どう行動し、いかなる顔を見せてくれるのだろうか。

我ながら人でなしとは思うが、天罰らしきものはもう下っているのだから問題あるまい。罪への向き合い方は人それぞれ。人情を重んじるも軽んじるも人それぞれ、とでも言っておこうではないか。

謎の依頼人としての才能が私にはありそうだ。あの双子を振り回す狂言回しとしてせいぜい躍動させてもらうとしよう。高みの見物ほど贅沢な余生の過ごし方は、他にないのだから。

Day2

依頼人と別れた後の喫茶店で。

詩愛と心逢は難しい顔で黙り込んでいた。

「……一億円て」

やがて詩愛が口を開いた。

「いやいや。ないよねさすがに。リアル謎解きゲームっていうのがどういうものなのか知らないし、絵はがきの謎にどういう意味があるのかもわかんないけど。いくらなんでも、ねえ？　子供の冗談じゃないんだから」

「まあそうですよね」心逢が同意する。「実際には一億円は無理でしょうね。贈与税とかもかかりそうですし、手取りで一億円、というわけにはいかないと思います」

「いや問題はそこじゃないから」

「冗談ですよ。……で、どう思います？」詩愛の突っ込みを軽く流して、心逢が聞いた。

「あの依頼人。いったい何なんでしょうか？」

「すっごい変」詩愛が答える。「おかしなところが多すぎて、何が変なのか逆に難しい、みたいな」

「同感ですね」

テーブルには十枚の絵はがきが並んでいる。これの謎を解く。そもそも何が謎なのかも謎。加えて依頼人がいちばんの謎。でも依頼人の正体を詮索するのは禁止。

「苦手だなあ、自分はこういうの。条件が多すぎて頭がこんがらがってくる。心逢ちゃんはこういうの得意っしょ？　本ばっかり読んでるし」

「偏見ですよそれは。ミステリばっかり読んでるわけじゃないですし、論理的な思考法が得意ってわけでもないですし。まあ詩愛さんほど何も考え無し、というわけではないと思いますが」

「ケンカ売ってんの？　……それよりどうしようか」

「どうするとは？」

「依頼の話。十枚の絵はがきの謎」

「ついでにやればいいんじゃないでしょうか。東京で遊ぶのの」

「それエグくない？」

詩愛は顔をしかめた。

「もう十万円もらってんだよ？　新幹線も乗せてもらってるし。あとでホテルも予約してくれるらしいし。あの依頼人さんのおごりで。自分ら未成年だから、保護者がわりにまでなって。しかも一億円だよ、後払いの報酬。……まあさすがに本気で言ってるとは思えないけど。あれもロールプレイングの一種なんかな？　リアル謎解きゲームってのはこうやって進行するものなのかしらん……心逢ちゃんはどう思う？」

「もらえるものは全部もらってしまえばいいんじゃないでしょうか。リアル謎解きゲームとやらも放っておいていいと思いますね。そして東京で遊びまくるのがいいと思います」

「……それはさすがにワルすぎない？　義理ってもんがあるでしょ最低限の。一応こっちは依頼受けてんだよ？」

「だって言ってたじゃないですかあの依頼人が。この依頼を受けるも受けないも自由だ、とかなんとか。ゲームのテストプレイがどうとかいう話も、心逢たちの人生には関係ないことですし。というかあの依頼人の言動がロールプレイなら、心逢たちはちゃんとそれに参加してることになるわけですから。むしろ義理は果たしてますよ」

「まあ、そう言われてみれば、まあ」

詩愛は半信半疑な調子で、

「でもペナルティを支払うんだよね？　謎の解決が一日遅れるごとに」

「あってないようなものですよ、そのペナルティだって。心逢たちの秘密なんて、適当にでっち上げたらいいじゃないですか。それじゃ義理が果たせないっていうなら、軽ーく何か話してあげたらいいんです。もし万が一、あの依頼人が単なる変質者だったとしたら、それで十分なサービスになるでしょう。美少女ですからね心逢たちは」

「それもそうかぁ。美少女の宿命ってやつかぁ……なんかパパ活デビューみたいな感じで、ちょっと嫌な気分がしなくもないけど」

「なんて不謹慎なことを言うんですか詩愛さんは。これは公平でクリーンな取引ですよ、いかがわしいことなんてまったくありません。……というか仮に、ですよ？」

姉に顔を近づけて、心逢は指をさす仕草をする。

「本当に完全に公平でクリーンにいくなら、もらった十万円をあの依頼人にそっくりそのまま返して、今すぐ田舎の家に帰ることになります。つまり依頼のキャンセルです。それ、やりたいですか詩愛さん？　東京ですよ？　渋谷に来てるんですよ？　せっかくの夏休みに、タナボタで拾ったチャンスなんですよ？　TSUTAYAは？　QUATTROは？　江戸川乱歩とはっぴいえんどはどうなるんですか？」

「全部なかったことになるねえ……」

「詩愛さんはそれでいいと？」

「よくないねえ……」

「となると結論は？」

「美味《おい》しいところは全部いただく、ことになるねえ……」

「百点満点の回答です」

心逢はふんぞり返った。

詩愛もだんだん納得してきた。

「じゃあ遊びに行く？」

「行きます。そのために来てるんですから」

「自分、QUATTROから行ってみたい！」

「それってライブハウスですよね？　心逢はあんまり興味ありませんね」

「じゃあ心逢ちゃんは来なくていいから。自分ひとりで行くんで別行動で」

「え、なんですかそれ。怖いじゃないですか、心逢だけで渋谷なんて。妹をひとりで残してくとか意味わからないです」

「心逢ちゃん自分と歳変わんないじゃん。別行動ぐらいできるでしょーが」

「詩愛さんは、たまには姉らしいことしてもいいと思いますよ」

「心逢ちゃんこそ都合のいい時だけ妹ヅラしてない？　自分はひとりでQUATTRO行くんで。じゃあねーバイバーイ」

「待って待って。じゃあこうしましょう。TSUTAYAに行きましょうTSUTAYAに。渋谷の。それならいいでしょう？」

「えー？　QUATTROの方が先じゃない？」

「そもそも詩愛さんだって盛り上がってたじゃないですか、渋谷のTSUTAYAに行けるーー！　とか言って」

「それはそうだけどー」

「ていうか全部行ったらよくないですか？　TSUTAYAもQUATTROも。なんならタワレコとかも」

「それなー！」

†

翌日。東京滞在二日目。

「まあ予想はしていたがね」

依頼人はサングラスとマスクの下で呆れているようだった。

「確かに言ったよ、自由にすればいい、好きにすればいいとね私は。しかしそれにしてもねえ。本当に何も、これっぽっちも、依頼に取り組んでいないとまでは思わなかったね。少しは何か考えてくるかと思ったんだけどね」

「すいませんっすー」

「申し訳ありませーん」

双子は形ばかり頭をさげた。

老舗の雰囲気を感じさせる、悪く言えば古ぼけた喫茶店の片隅で。並んで座る姉妹はそろって身を縮めている。

「いいさ。待ち合わせのこの場所に来たということは、まだ依頼を進める意思がある、ということだろうからね?」

「ええはい、それはもう」

「できるだけ頑張らせてもらいます、はい」

心逢も詩愛も、ここばかりは真摯にうなずいたが、

「それで？　昨日はどこへ遊びに行ったんだい？」

依頼人は追及の手を止めるつもりがないらしい。

「聞かせてくれるかな？　こちらの金で遊んだわけだしね、そのくらいは聞く権利があると思うんだが？」

「ＴＳＵＴＡＹＡに行ったっす。渋谷の」と詩愛。

「それがもうすごくて広くて」と心逢。

「カフェとかやばかったっすよね」

「あれ何席ありました？　百とか二百とかじゃきかないですよね？」

「いやもーどのフロアに行っても本気度がすごかったっす」

「あれってもう、店というより観光地の一種ですよね」

「ほんとそれっすね」

「で、一日中遊びほうけていた、と」ふたたび呆れ声の依頼人。

「すいません」

「今日から本気出します」

「あ、それとホテルありがとうです。すっごい良いホテルだったっす」

「朝ご飯もおいしく頂きました。ぜいたくビュッフェでお腹いっぱいでした。ダイエットは夏休みが終わる前までにやります」

「んでも依頼人さん、なんであの場所のホテルにしたんすか？　セルリアンタワーでしたっけ？　この喫茶店からだいぶ離れてるっすよ？　どうせならもっと近い場所にしてくれたらよかったのに」

「高級ホテルの予約に文句をつけるとは。君たちなかなか図太いね」

呆れながら依頼人は、マスク越しのくぐもった声で嫌みを重ねてくる。

「いったい誰に似たのかな？　まあいいんだがね、ルールには何も反していないからね」

このスポンサーにはそれだけの態度を取る正当な理由があった。詩愛がさすがにたまりかねて申し出た。

「えーとすいません。ペナルティだったっすよね？」

「そうなるな」

「自分と心逢ちゃんの話をすればいいすか？」

「うむ。それでいい」

依頼人はコーヒーカップに手をつけた。

手はつけたものの、先ほどから飲んでいる様子は見受けられない。双子が約束を果たすのをうながす所作、なのだろう。店に対する義理立てで注文しただけのコーヒーで、もともと好きではないのかもしれない。〝謎の依頼人〟の印象作りでハードボイルド風を演出しているだけ、という可能性もある。

「えーと……」

詩愛は心逢の方を見る。

ここへ来るまでに、何を話すべきかの相談はある程度してきた。適当な雑談でお茶を濁すか、それともある程度はペナルティにふさわしい話をするか。

「私たちは」心逢が口を開いた。「東京に住んでました。昔。ちょうどこのへんの近くです。渋谷あたりの」

「ほう。そうなのか。じゃあ今は引っ越して？」

「はい。……というか、それは知ってますよね依頼人さん？　私と詩愛に手紙をよこしたのはあなたなんですから」

「いい推測だ。少ない情報から正しい判断を下している。心逢くんは賢いな」

子供あつかいの雰囲気だ。心逢は眉間にしわを寄せたが、依頼人はどこ吹く風で、

「どうして引っ越したのかな？　家庭の事情？」

「そうです」

「どんな事情？」

「母が亡くなりました。五年ぐらい前に」

「へえ」

「父親は元々いません。お母さんはシングルマザーでした。父親が認知したのかしなかったのか、どこかのタイミングで逃げたのか、それ以外の理由なのかは話してくれませんでしたけど。『あんたたちは知らなくていーの』なんて言ってました」

依頼人は興味深げに話を聞いている。

両肘をテーブルについて、両手の上にあごを置く格好で。ハードボイルド風の姿とあいまって芝居がかった仕草にみえる。が、興味があるのは本当なのだろう。語っている心逢も、黙っている詩愛も、そのことは空気でわかった。たとえマスクとサングラスで顔が隠されていても。

「お母さんはひとりで娘ふたりを育ててくれました。今は祖母の家で暮らさせてもらってますけど、お母さんは縁を切られてたみたいなので。本当にひとりで育ててくれた、という感じです。ただ……」

「ただ？」

「お金の援助は、もしかするともらっていたかもしれません。お母さん、あんまり身体が強い方じゃなくて、ほとんど働けてなかったですから。でもそれにしては、そんなにお金に困っていた感じがしなかったんですよね」

「本とかたくさん買ってくれたんすよね」

詩愛が補足を入れる。

「CDとかLPも。サブスクも使い放題だったし。そういうことには本当、お金も時間も使ってくれたっす。うちのお母さんは」

「それで今は祖母のところでお世話になってます」ふたたび心逢。「でもこんなこと言うとあれなんですけど。あまりなじめないかな、と。いちおう私たち東京育ちなので。田舎が嫌、ってわけじゃないんですけど、うーん……学校の友達とも、微妙に話が合わないところあるし。そもそも人少ないですし」

「そっちはまあ、別にいいんすけどねー」詩愛が口をはさむ。「友達との付き合いなんて自分らの問題だし。あと田舎、自分は嫌いじゃないすよ。水とかきれいだし。ごはん美味しいし」

「でも祖母は――」ふたたび心逢、「あの人はよくわかりません。基本的に何も話してくれませんから、お母さんのこととかも。心逢たちに無関心、ってわけじゃなさそうなんですが。愛情がないとか他人行儀とか、そういうのとも違う気がしますし」

「よくわかんないっすよね、おばあさまは。無口ってだけじゃなくて」

「縁切ってましたからね、ずっと長いあいだ。むしろ心逢たちの面倒をみてくれてるだけでありがたいといいますか」

年頃の女子ふたり。おしゃべりが始まるとつい、話があちこちに飛ぶ。

「ああでも」

思い出したように詩愛が言う。

「うちのお母さんの荷物っていうか、持ってたものというか。そういうのぜんぶ残してあるみたいなんすよね。おばあさまの家に」

「あれすごいですよね。ぜんぶお母さんのなんですよね？　漫画とか小説とか画集とか」

「CDもLPもっすね。楽器とかグッズとかかも」

「部屋いっぱいにあるんですよ。それもふた部屋使ってるんです。誰も住んでない部屋なのに、天井まで届くくらい色んなもので埋まってまして」

「そのせいで自分ら、ひとつの部屋をふたりで使ってるんすよ」

「おばあさまがですね、片付けてくれないんです部屋を。できるだけ残しておきたいみたいなんですよね、お母さんが生きてたころのモノを」

「そのおかげでいくらでもコンテンツを摂取できるんすけどね、自分らは──」

「つまりおばあさまはなんだかんだでお母さんに甘かった、ってことですよね。あんなにたくさん色んなもの買ってあげてるんですから。縁は切ったけど」

「自分らも好きにさせてもらってるっすよね。遺伝なんすかねこういうのも」

「──ああ、うん。なるほどよくわかった」

口々にしゃべる双子に、依頼人は苦笑いをしたようだ。

「頭がこんがらがってくるね。声までそっくりな双子がいっぺんにしゃべると」

「そうっすか？」と詩愛。「自分らしゃべりかたに差をつけてるんで。そこまで区別がつかないことはないと思うっすけど」

「じゃあもうこのへんでいいでしょうか」心逢が言った。「一日ぶんのペナルティってことなら十分にしゃべったと思いますので。依頼をサボってたことはこれでチャラにして頂ければと」

「いいだろう。依頼はまだ続けるかい？」

「では今日もよろしく。明日は良い報告が聞けることを祈っているよ」

「ていうかまだ何もしてないっす」詩愛もつづく。

「もちろん」即答の心逢。

†

依頼人が去った後、双子は祖母に連絡を入れた。

祖母はさほどの心配はしていないようだ。困ったことがあったら連絡しなさい、と言われたぐらい。しっかり者だと思ってくれているのか、もっと他の理由があるのか……いずれにしても東京での自由はしばらく確保できそうだ。今後も定期的に近況報告の連絡は入れることになる。

「で？　どうする心逢ちゃん？」

クリームソーダのアイスクリームにスプーンを入れながら、詩愛が聞いた。

「昨日はさんざん遊びましたからね」

カフェオレに口をつけながら心逢が答える。

「依頼とやらに手をつけてみてもいいでしょう。あの依頼人が何を考えてこんなゲームを用意したのか……ぜんぜん気にならないかといえば嘘になりますしね。『まったくもって使えない子供たちだ』と思われるのもしゃくですし、ちょっとだけ本気を出してみましょうか」

「上から目線だねえ」

「相手の方がこっちを下に見てるんですよ。やり返さないと気が済まない性格ですからね心逢は。詩愛さんだってそうでしょう？」

「ま、それはそうね」

心逢は腕を組んで、

「ただですね、現状ではわからないことが多すぎます。あの依頼人が何を考えているのかも、どういうつもりであんなキャラを演じてるのかも、気前が良すぎることも、心逢たちだけにゲームを仕掛けていることも、まだ何もわからない。詐欺とか何かの罠とか、そういう可能性だって捨てきれてません。そういうのもぜんぶ含めての謎解き、ということであれば、まあ――心逢たちはまんまと乗せられている、ということになりますが」

「じゃあアレか、とりあえずは絵はがきの謎かな」

「ですね」

喫茶店のテーブルに十枚の絵はがきを並べる。

頬杖をついて詩愛が鼻を鳴らす。

「どういう謎があるのかな、この絵はがきに。そもそも解くべき謎があるのやら、ないのやら」

「いろいろ変だな、とは思いますよ」

カフェオレをすすりながら心逢。

「まずこの絵はがきって、普通に市販されてたものじゃなさそうですよね」

「なんでそう思うの？」

「単純に画質が粗いです。プロが撮った写真、って感じもしません。有名な観光地を選んでる、って雰囲気もありませんし。個人で作ったものなんじゃないかと推測します」

「へーえ。どれどれ」

詩愛はあらためて十枚の絵はがきを手に取ってみた。

確かに画質は粗い——というより、よくよく見ると手ブレに近いゆらぎが、絵はがきの何枚かに見受けられる。写真の構図はごく平凡なものだし、そもそも被写体を最高の状態でフレームに収めよう、という意思が感じられないように思える。良くも悪くも記録写真。その場の思いつきでパシャリと、何の気もなくシャッターを切ったような。

「凝りに凝って作ったもの、ってわけじゃなさそうです。それならもう少し〝作品らしさ〟みたいなのが出そうに思えます。市販品だとしたらなおさらでしょうね」

「それはあるかー。心逢ちゃん細かいところ見てるねぇ」

「とりあえず行ってみましょう」

心逢が立ち上がった。詩愛が首をかしげて「どこへ？」。

「この絵はがきの場所。ひとつはわかりました。こういうのは現場百遍と言いますから。ミステリとか警察小説とかによく出てくる常套手段ですね」

「え、マジ？　どこどこ？　どれどれ？」

「普通にほら、これ。ここです」絵はがきの一枚を指さして、「小さく渋谷駅って書いてあるでしょう。これおそらく昔の渋谷駅じゃないかと」

渋谷駅周辺の工事期間がとにかく長い、ということは双子も知っていた。

東京に住んでいた頃、彼女たちのホームグラウンドは渋谷だった。シングルマザーに育てられた小学生だったため、さして頻繁に遊びに行けたわけではないが、それでも駅周辺に行くたびに景色がころころ変わっていたのを覚えている。

「まだ終わってないんだねー、このへんの工事」昨日も立ち寄った渋谷スクランブル交差点の近くに立って、詩愛は周囲を見回した。「何年やってんのかなホント。いまだに続いてるってなんか笑える」

「二〇二七年までかかるらしいですよ、ぜんぶ終わるまで」人混みにぶつからないよう気をつけながら、心逢が補足する。「心逢たちが生まれる前からやってる気がしますよね、この工事」

「生まれる前はさすがに言い過ぎ。二〇〇九年から始まった、ってどっかに書いてあったし。まあ物心ついたころから、っていうならその通りだけど」

「心逢たちが死ぬまでやってるんじゃないでしょうかね」

「さすがにそれはない」

「でも二〇二七年までには終わらないんじゃないですか？」

「それは普通にある」

人混み。排気ガスのにおい。

常に響いている誰かの声と車のエンジンの音。

絵に描いたような大都会の図。そして真夏の熱気。

「えーと……この場所がこのあたりでしょうか？」

「ちがうよ。こっちがあっちで、あっちがこっち」

絵はがきと現在地を見比べながら、双子はそこかしこを歩いて回る。

スマホで昔の渋谷駅周辺を検索しながら、パズルのピースを埋めるようにして絵はがきの写真を写した場所を探っていく。ほどなくしてふたりはポイントを特定した。

宮益坂下交差点《みやますざかした》を、宮益坂方面に少しのぼったあたり。結論、絵はがきの一枚はここから撮影したものらしかった。

「いえーい。自分のお手柄」

「詩愛さんは肉体労働担当ですから。このくらいは働いて当然です」

「心逢ちゃん、なんか態度わるくなーい？　最初は『道玄坂の方ですから。まちがいないですから』とか言ってたじゃん。頭脳労働担当の人は紛らわしいこと言わない方がいいんじゃないかなー？　心逢ちゃんの好きなミステリだと、そういうキャラって真っ先に死ぬキャラだったりするよねえ？」

「ケンカを売ってるんですか？」

「えー全然そんなことないし。自分ら目的は一緒なんだから、仲良く力を合わせて依頼を進めないとね？」

ひとしきりふたりはにらみ合ったが、すぐにやめた。依頼人は〝ある日ふらっとこの街を離れるかもしれない〟と言っていた。なんの後ろ盾もない中学三年生が東京に滞在できているのは、あやういバランスの上に成り立っている偶然の産物でしかない。せっかくの機会、できることなら骨までしゃぶり尽くしたいのが本音だった。謎めいた依頼人ではあるが、太いスポンサーには違いないのだ。十枚の絵はがきの謎についてはそれなりに取り組まねばならない。

「えーとまあ。場所は特定できたけど」

詩愛は首をひねった。

「だからどうなの、って話よね」

心逢も首をひねる。

「ここって心逢たち、昔来たことありました？」

「どう……だったかなあ。そりゃ渋谷には何回も来てるんで、来ててもおかしくはないんじゃない？　覚えてないけど」

「そっか。んー……」さらに首をひねる心逢。

「なんか気になる？」

「んー……」

絵はがきに写った景色と、現在の景色を見比べる。

未来から来た巨人みたいな姿でそびえ立つ渋谷ヒカリエは、絵はがきが作成された時点では既に完成していたようだ。かつては東横線の高架があった場所も、今ではきれいに何もなくなってしまって、刈り込んだ芝生みたいに景色がさっぱりしている——と言いたいところだが、実際には渋谷ストリームやら渋谷スクランブルスクエアやらの巨大建築物が建ち並んで、かえって街の密度はかつてと比べものにならないほど増しているようにみえる。

「迷子になった気がします」

「え？　ここ宮益坂だけど？　別に迷ってないよ自分ら」

「そうじゃなくて昔。子供のころ。このへんで迷子になりませんでした？」

「……あー」

心逢に促されて、詩愛も思い出してきた。

「あったかも。だーいぶ昔」

「ええ。渋谷駅の周辺だったと思います。お母さんと来ました」

「そだね。何しに行ったのかは忘れたけど」

「そこで心逢たちがうろちょろしてたら、お母さんとはぐれてしまって」

半泣きになりながら歩き回って、そして立ち止まったのがこのあたり、宮益坂の周辺だった。運良く母に見つけ出してもらった双子は、半泣きをやめて大泣きした。母はそんな娘たちを指さして大笑いしていた。

「わりとひどくないっすか？　自分ら鼻水まで出して大泣きしてたのに」

「お母さんそういうところありましたよね。鬼でしたよ割と」

もちろん勝手に迷子になったのは詩愛と心逢の方だが、容赦のないところがある母だった。あの時はおまわりさんのお世話にもならず、大きな事故や事件も起きなかったものの、わずかな間とはいえ娘たちが行方不明になった後のリアクションとしては、あまり褒められたものではないだろう。

あとになって母が『あの時は焦ったわー。泣きながら捜してたよ私』などと言っていたが、どこまで信じていいものか。

「じゃあ思い出の場所なんだ。ここって」

「まあそんなところいくらでもありますけどね。いちおう渋谷って、心逢たちの地元みたいなものですから」

双子はしばし、宮益坂下の交差点に立って時間を過ごした。

日本有数のターミナルである渋谷駅に、数え切れないほどの人々が呑まれ、吐き出されていく景色を眺めた。巨大な水槽と濾過《ろか》装置つきのポンプを思わせる景色だ。水槽が渋谷の街で、ポンプが渋谷駅。淡々と呑まれて吐かれて。一定のリズムが崩れそうで崩れない。

詩愛と心逢はさながら、水槽の隅っこで流れに逆らっている小さなめだかのようなものだ。めだかの生き死になど、人生など、大きな流れの中ではほとんど意味をなさない。

「……ぼちぼち行こか？」

詩愛が肩をすくめた。

「特に何もないね、これ以上は。絵はがきに写った場所のひとつがわかった、ってだけのことかな」

「まあ、そうですね」

詩愛の意見に、心逢はあまり同意していない空気だ。

なんとなしに、という体で、十枚の絵はがきを一枚ずつ見比べている。

「うわ……」

やがて心逢が声をあげた。驚いているような、呆れているような。「ひどい見落としですねこれ。あの依頼人にイヤミを言われても仕方ないですか」

「え、なに？　何かあった？」

「たぶん浮かれすぎてたんですね心逢たち。渋谷で好きに遊べるってなって、テンション上がりすぎてたんでしょう。ぜんぜん真面目に見てなかったんですこの絵はがきを」

「だから何なんだって話。ひとりで盛り上がるの良くないよ？」

「消印」

心逢は絵はがきを指さして言う。

「そろってますこれ。ぜんぶ。日付が」

「えぇー？」

詩愛が絵はがきをのぞき込んだ。「あらまー……」目を見開いて、そして眉をひそめる。

十枚の絵はがきをすべて見比べてみる。

「これどういうこと？」

「さあ」

「リアクション薄っ。この日付、ぜんぶ六月六日になってるじゃん。え、なにこれどういうこと？」

詩愛の反応は当然だった。六月六日は詩愛と心逢の誕生日なのだ。絵はがき十枚すべてに六月六日の消印が押されている。

「え、なんかきもい」詩愛は思わず身を引いた。うっかり心霊写真でも発見してしまった時のような反応だ。

「きもいかどうかはともかくとして」心逢は冷静に指摘する。「意味がない偶然の一致だとは思えないですよね、それに――」

「それに？」

「あの依頼人がこのことに――消印の日付が揃っていることに気づいてないとは思えません。たぶん知っていて黙っていたんですよ。心逢たちを試していたんじゃないでしょうか。いえ、確かにこの程度は気づいてしかるべきですから……ああもう腹立ちますね。ぜったい心の中で心逢たちのこと馬鹿にしてたんだ」

「それで？」

「詩愛さん、少しは自分で考えてくださいよ。つまりですね、この謎解きゲームとやらのテストプレイヤーに心逢たちが選ばれたのは偶然じゃない。そもそもこのゲームは心逢たちがプレイヤーになることを前提に設計されている可能性が高い。しかも――」

心逢は前方をにらんだ。

視線の先は渋谷駅。巨大濾過装置と、絶え間なく行き交う無数の人々。

「心逢たちにゲームの招待状を送って、リアル謎解きゲームとやらのゲームマスターを名乗っている人物――あのトレンチコートの依頼人は。うちのお母さんに関係がある誰かだと考えて間違いないということです」

Interlude sideM-2

初めに書いておかねばならないことがある。

私がしたためるこの手記は、私と姉の話だ。

私と姉の、奇妙でいびつで、一筋縄ではいかない関係の物語だ。

それともうひとつ。この手記はなるべく淡々とした筆致で、可能な限り事実だけをしたためることにする。でなければこの記述に客観性を保てないから。

おそらくそのことは、この手記を読む誰かには、おのずと理解してもらえることと思う。

もっともこの手記は誰に読ませるつもりもない。そして私は私の矛盾を承知している。

大丈夫。私は狂っているわけではない。たぶんね。


前置きが終わったので私のことを書く。

おそらくだが、私は天才だった。

おそらく、というのは、その天才が世間的に認められているわけではないからである。

ショパンやランボーのように、生前と死後を問わず、私の天才が普遍的かつ公平性を保った評価を下されることは、まあ永久にないだろう。

だから戯《ざ》れ言《ごと》と捉えてもらって一向に構わない。第三者に評価されたわけでもない天才などに、客観性が担保されるはずもない。私の天才を正しく理解していたのはこの世にただひとり。私の姉だけだ。

類例は示しておく。

ある日、姉がとある曲を作った。作詞も作曲も編曲も彼女の手になる、長さ三分ほどのポップソング。その当時の作曲用ソフトの出来はまだまだぎこちないものだったが（現代の技術の進化は本当にすごい。スマホひとつあれば誰でも無料で高性能なアプリを使えてしまう）、思春期のままならなさ、みずみずしさ、息苦しさを表現したその曲は、カオスな歌詞の中にも古典的なコード進行がメロディの背骨をしっかり形作る、なかなかの佳曲だと私には思えた。

「いいねこれ」

「ほんと？」

「普通に売れると思うね。ちゃんとしたレーベルから出したら、の話だけど」

「ちゃんとしたレーベルから出さないと売れないレベルの曲、ってこと？」

「運だからね、事実としてそういうのは。世に出なかった天才なんていくらでもいるだろうし」

「まあそれはねー」

そんな会話を交わした後に姉が言った。

「あんたならどうする？」

「どうするって？」

「あんたが曲を書くとしたら。何を考えてどう作る？」

姉と同じく、私も音楽はジャンルを問わずたくさん聴いていたし（そもそも親に買ってもらったCDやらLPやらは、姉と私の共有物だった）、私にもそれなりの素養はあった。

一週間ほどかけて私はアイデアを探し、インスピレーションを磨き、作曲用ソフトの勉強をして（これがいちばん骨の折れる作業だった）、ひとつの曲を作った。

「え、もう曲できたの？　聞かせて聞かせてー」

姉にせがまれて曲を聞かせた。

ヘッドホンをつけた姉は目を閉じてふんふんとリズムを取りながら曲を聞き終えて、聞き終えてから長いあいだ目を開けようとしなかった。

「天才じゃん」

ようやく目を開けた姉がそうつぶやいた頃には、私は学校の宿題に集中していた。

姉は感動に打ち震えていた。

「こんなコード進行思いつくんだ……そんでAメロ終わりにこんな転調……Cメロの盛り上がりがヤバすぎ。それに歌詞……なんにも難しいこと言ってないのにすっごいいろいろ景色が浮かぶ。すごいわこの曲。マジで」

「姉さんの曲のパクリだけどね」

「こういうのはパクリとは言わないって。オマージュとか本歌取りの部類っしょ。ていうか原形残ってないから私の曲の。そもそも私、半年かかってるから。あの曲作るのに」

天才だわ、と姉は繰り返した。

「プロで食っていけるよ。ていうか歴史に残れるレベルだから。絶対」

そう簡単にいくものではないことは、子供の私でもさすがに理解していた。自分の作った曲の出来に不満はなかったが、ショービジネスの世界はそんなに単純で安易なものではない。それよりも姉から褒められるのが素直にうれしかった。ただし、姉が太鼓判を押すようなプロの音楽関係者になる未来は、私の頭の中でまったく描けなかった。


別の例も挙げる。

姉は小説も書いていた。テキストエディターの性能は当時も今も、根本的なところではそう大差はない。宿題をさぼり、時には食事を取るのも忘れ、休みの日には夜を徹して、姉は中編から長編あたりの小説を書き上げた。「できたできたー！　読んで読んで〜！」姉にせがまれて、私はその小説を三十分ほどかけて読み終えた。素敵な小説だった。少しだけSFやファンタジーの要素が入った、清々しい青春の物語。これまで読んできたほとんどあらゆる小説よりも優れていると、私には感じられた。世に出る機会に恵まれれば少なからず読者に評価されて、ベストセラーになってもおかしくない完成度だった。

「いいよこれ。とてもいい」

「えー？　ほんとー？」

「うそ言っても意味ない。お世辞も好きじゃないしね」

私の褒め言葉に、姉はご満悦の様子だった。そして彼女は言った。

「で？　あんたは書かないの？　小説」

「……なんで書くと思うの、私が」

「だって書けるでしょあんたなら」

「ぜんぜん違うよ。まったく別物。実際に書くことと、書ける可能性があることは」

「じゃあやっぱ書けるってことじゃん。ねえねえ書いてよ小説。読んでみたいわ私。書き飛ばしたやつで全然いいよ。なんならあらすじだけでもいいから。あ、じゃあプロットだけでどう？　キャラだけでもいいかもしんない。ねえねえ書いて書いて」

　姉は押しが強い人だったので、私はまんまと押し切られた。といって、何万マスもある原稿用紙を意味ある言葉で埋める気力は、とてもじゃないけど私にはなかった。音楽と同じく、家にある小説は姉との共有物だった。もちろん漫画やアニメや映画も。私は記憶に残っている、ありとあらゆる物語の要素を、引っ張れるだけ引っ張ってきて、あらすじと短編小説の中間ぐらいの原稿を、どうにかしてでっちあげた。

「え、もうできたの？　早っ！」

「できた、ってうちに入らないよ。書き殴っただけのものだし、直しもろくに入れてないし。というかそもそも完成してるものじゃないし」

「いいから見せて見せて」

姉は私の原稿を読んだ。そして黙り込んだ。少なくとも集中力の点においては、私も姉も写し絵のようにそっくりな性質をしていた。声を掛けても無駄なので私はしばらく部屋の片付けをしていた。

「おもしろい」

散らかったゴミをまとめ、ばらけた本やらコミックやらを順番どおりにそろえて、ついでに掃除機までかけたところで、姉がようやく口を開いた。

「というかすごい。なんだこれ。もう傑作確定じゃん。どんでん返しがえぐい。伏線の張り方がズルすぎる。こんなのぜったい読んでる方はだまされるし。でもギミックがメインじゃなくてそもそもドラマが深い。それにキャラの設定が……セリフなんてちょっとしかないのにすっごい想像つく。もうこの時点で世界が生きてる。え、これ続きは？」

「ないよ」

「なんで？」

「なんでって言われても。書き終わったというか出し切ったというか」

「いやいや待ってよ。ないない。それはない。これの続きがないとか、完成しないとか、そういうのはない。絶対ダメ」

姉には散々に食い下がられたが、いったん自分の中で〝完成〟のラベルを貼ってしまったものは、どうあっても続きを書ける気がしなかった。

「才能の無駄づかい」

「向き不向きがあるよ、誰にでも」

いさかいが起きることはなかったが、天賦《てんぷ》の取り扱いについてはどこまでもかみ合わない姉と私だった。それで別に不都合はなかった。その頃はまだ。

Day3

ほほう、と依頼人はリアクションした。

「君たちの誕生日か。六月六日。この消印がそろっているのはそういうことか。なるほどそうか、そうか」

件《くだん》の喫茶店、同じ席。

今日の客の入りは八割ぐらい。この店にしてはかなり多い方だ。喧噪というほどではないが、客同士が会話を交わす声があちこちから響いてくる。依頼人はマスクをしていることもあり、声が大きくない。そのうえ妙にくぐもった声をしている。自然、詩愛と心逢は前のめり気味に話を聞くことになる。

「そうか。いやなるほど。そうか。いや」

依頼人はずいぶんと感心しているようだった。

そこまでリアクションすることだろうか、と双子たちは不思議に思った。彼女たちにとっては、むしろ真っ先に気づいていてしかるべき事実だったわけで、こんな大仰な反応を返されるとかえってむずがゆい気分になる。

「それで？　どんな意味があるのかな？　この絵はがきたちの消印が君たちの誕生日でそ

ろえられていることに」

双子は返答に窮《きゅう》した。それ以上の分析や解釈は、これといって持ち合わせていない。

「質問は自由なんですよね？」

心逢が話の流れを変えた。

「自由だとも」依頼人が頷《うなず》いた。「答えるとは限らないが」

「あなたは心逢たちのお母さんと関係がある人なんですか？」

「なぜそう思う？」

「心逢と詩愛さんの誕生日でそろえられた消印。それも十年分。写真に写ってる場所はお母さんとの思い出の場所だった。それにゲームに呼ばれたのは心逢と詩愛さんのふたりだけ。これだけ条件がそろっていたら当然の推測かと」

「証拠はすべて出そろったのかな？　あらゆる検証はもう済ませたのかね？」

詩愛は成り行きを見守っている。

クリームソーダをストローでかき混ぜながら、隣に座る心逢と向かい側に座る依頼人とを交互に見ている。旗色が悪い、と詩愛は思った。依頼人はどうやら話術に長けている。対峙している心逢も口は達者な方だが、討論の経験において文字どおり大人と子供の差がある。

「この絵はがきは誰から誰に向けて、何の目的で送られたものなのかな？　それに私が〝君たちの母親と関係がある人物〟だとして、その正体はいったい何者なのだろう？　私が〝君たちの母親と関係がある人物から依頼を受けた代理人〟である可能性は考慮してみたかい？　十枚の絵はがきに写った場所のうち、実際の場所を突き止めたのは一ヵ所だけ？　他の場所は突き止めた？」

心逢は口をつぐんで歯がみした。

『当然の推測』と述べたのは他ならぬ心逢自身だ。つまり確定した事実ではない。あらゆる検証を重ねたとはとても言えない。

「十枚の絵はがきの謎を解いてほしい、と私は言った。現時点でこの絵はがきにまつわる謎がすべて解けたと確信できるなら、君たちの答えを最終的な解答として受け取ろう。もういちど聞くが、謎はすべて解けたのかい？　最初に言ったが、解答を示す権利は一度きりだよ？」

双子たちは今度こそ返答に窮した。

現在地点が完全解答に程遠いのは認めざるを得ない。そしてゲームそのものが気に入らなければ席を立つ権利がある。ルールは明確に提示されている。

「さて改めて聞かせてもらおう。まだゲームを続けるつもりはあるかな？」

詩愛も心逢も即座にうなずいた。

こうまで言われて引き下がれる性格はしていない。まして、このゲームが亡き母に関係している可能性が高いとなれば、こんな中途半端な状態で終われるはずもなかった。

それにこの依頼人だ。

確かに確定している事実ではないが、この人物が母の関係者である可能性は大いにある。母・白雪静流は謎めいたところのあった人で、双子たちは未だに母のことを多くは知らない。亡き母を知る機会が転がり込んできたのであれば逃す手はない。

「東京で過ごす毎日はどうかね？」

依頼人が聞いてきた。〝ペナルティ〟の取り立てが始まったらしい。

「普通です」心逢が言った。

「まあそれなりっす」詩愛も言った。

「もともと住んでいましたから、このあたりは。昔とはだいぶ変わってますけど」

「もっと純粋に楽しめればいいなー、と。依頼があるんでそうもいかないっすけど」

「なるほど。ところで君たち、音楽や読書は好きかい？」

不意に依頼人が聞いてきた。

思わぬ問いかけに双子は面食らったが、隠すようなプライバシーではない。この程度の取り立てなら安いものだ。

「好きっすよ。音楽ならだいたい全部」

「心逢は本を読むのが好きですね。小説でも漫画でも。映画とかアニメとかもぜんぜん好きですけど」

「分かれるねえ」依頼人が片方の眉をあげる。「見た目はそっくりなのに。双子でも中身の性質は合わないものか」

「天は二物を与えず」と心逢。「それだけの話だと思いますけど」

「そんなことはない。ダ・ビンチのように多才と天才を兼ねる人材はいつの時代も生まれてくる。単に君たちが二物を与えられなかった、というだけだろう。きっと親に似たんだろうさ」

「お母さんは能力、高かったですよ」

心逢は少しむきになった。

「音楽にも物語にもくわしかった。くわしいだけじゃなくて、なんというか、理解がすごく深かったです。深いだけじゃなくて、呑み込むスピードがとにかく速かった。小説なんかは流し読みしてたのに、ちゃんと内容は細かいところまで読み取れる人で。あれは一種の天才じゃないとできないと思います。少なくとも心逢にはできません、あんな読み方」

「性格もぶっとんでたよねー」

詩愛が加勢する。

「ちょっと――いや、だいぶ破天荒な性格だったっすよ。ファンキーというかロックというか。常識とかくそくらえ、みたいなところあって。だよね心逢ちゃん?」

「ええ。でも破綻してるわけじゃないんですよ。バランス取るのが上手い人でした。男にだらしないとか、お酒にだらしないとか、そういうこともなかったし。心逢たちに対しても必要以上にはべたべたしなくて、でも無関心とか突き放してるわけでもなくて」

きっかけを得るとしゃべりが止まらなくなる双子だった。このあたりは年相応の少女たちなのだ。

トレンチコートにサングラス、マスクと今日もハードボイルドスタイルを貫いている依頼人が、双子の会話が途切れるまで待ってから感想を述べた。

「お母さんのことが好きだったんだね、君たちは」

その言い方にどこか温かくて柔らかいものを感じて、双子は反応に困った。このいけすかないキャラの依頼人がこういう言い方をするのは、詩愛と心逢の発想になかった。

「お母さんの名前は？」

「静流です。白雪静流」

「お母さんは幸せだったと思うかい？」

「……唐突に聞いてきますね」

「そうかな？　ペナルティの取り立てとしては、ずいぶん優しい部類だと思うがね」

明確にプライバシーへ踏み込んでくる問いかけだった。音楽や小説の話題とは比べるべくもない。温かくて柔らかい言い方はこのための伏線か、と詩愛も心逢も心の中で舌打ちした。話術に長ける依頼人は、場の流れを作るのも上手いらしい。

「わからないです」

心逢が先に口を開いた。

「それは本当に。よくわからない。開けっぴろげな人だったけど、そういう話をする人じゃなかったので。お母さんが自分の人生をどう思ってたのかは、わからないです」

シングルマザーで、実家とは絶縁状態で。

どちらか片方だけの要素をみても、むしろ幸せとは正反対の人生だったように思える。

浮いた話があったわけでもなく、音楽を聞いたり小説を読んだりしている時でも、ただそれだけで満たされた顔をしていた――などという記憶もない。音楽や文芸に詳しく、理解も深かったが、人生それがすべて、という雰囲気はなかった。

それに短命でもあった。享年三十。末期がんが見つかってから息を引き取るまで本当にあっという間で、残された詩愛と心逢は悲しんでいる暇もなかった。

まして、自分たちの母親の人生を俯瞰するなんて。

「考えたことないっすね」

詩愛がぽつんと言った。

「お母さん……どうだったのかなあ。泣いてるところは見たことなかったな。むしろ笑ってるところばっかり思い出すような……でも幸せだったかって言われると、うーん」

沈黙が降りた。

喫茶店の客入りは変わらない。雑談のざわめきと、間に挟まるナット・キング・コールのBGM。漂ってくる淹れたてのコーヒーの香り。

「一般論だが」

と依頼人が前置きして、

「娘たちがまっとうに育ってくれているなら、母親にとってはそれが何よりなんじゃないかな」

「つまりお母さんは幸せだった、ってことですか？」

「私にそれが判断できると思うかい？」

道理だった。たとえ推測どおり、依頼人が母に関係する人物だったとしてさえ。詩愛も心逢も、それ以上は言葉を続けられなかった。

「いいだろう。今日のセッションはここまで」

依頼人が伝票を手に取った。

「引き続きゲームに励んでくれたまえ。君たちが依頼を受けてから二日しか経ってないからね、さすがにまだ見限ったりはしないさ」

†

この日の渋谷はひときわ暑かった。

スクランブル交差点を行き交う人々の額には、滝のような汗。女性の身なりが例外なく薄着で肌の色が目にまぶしい。この酷暑の中でもきびきび歩き回っている企業戦士たちでさえ、ネクタイを締めている者はほとんどいない。

「どう思います？」

「なにが？」

心逢の問いかけに、詩愛は問いかけで返す。

「あの依頼人のことです。何者なんでしょう本当に」

「さーあ？　どうなんかねー」

姉の脳天気な返答に、心逢は眉をひそめた。

二人が向かい合っているテーブルには、キングサイズのかき氷がふたつ。デラックスなフルーツ系は詩愛の、ゴージャスなチョコ&キャラメル系は心逢の注文だ。

「『どうなんかねー』って何なんですか。危機感なさ過ぎでしょう」

「何に危機感持つのよ？」

盛り付けてあるイチゴにフォークを刺しながら、詩愛が反論する。

「別に何もピンチじゃないよね？　気にしすぎだよ心逢ちゃんは」

SNS映えすることで評判の高い、とあるかき氷専門店だ。

依頼に取り組む本気度が上がったとはいえ、そこは中学生の女子。夏休みの渋谷を満喫するのは義務でさえある。まずはこの店で作戦会議だ。

「犯罪者とかじゃなさそう、ってことはわかってきたじゃん」

詩愛はなおも自説を主張する。

「それだけでも十分な収穫じゃん。ホテルも普通に泊めてもらえてるし。それもすっごい良いホテルに」

依頼人がキープしてくれているのは、セルリアンタワー東急ホテルのツインルームだ。

昨日、好奇心でお値段を調べてみた双子は「ひええ」と声をあげた。自腹で宿泊したら前金の十万円などあっという間に消し飛んでしまう宿泊料金だった。

「予算が潤沢なのは確かですね」

心逢もその点は納得してうなずく。

「前金といいホテルといい、気前が良いのは認めざるを得ないです。油断させておいて、後でとんでもない請求をしてくる……みたいなことも考えられなくはないですけど。いくらなんでも遠回しすぎますよね、何かの悪巧みを考えてるとするなら」

「後払いの成功報酬はひとり一億円らしいもんね」

「冗談でしょう、それはさすがに。もしかしてゲームのシナリオの一部なのかもしれませんね。設定的にそういうのが必要だったりとか」

「一億円の成功報酬が必要になる設定なんてある？」

「心逢に聞かないでください。それこそあの依頼人に聞いてみたらいいんじゃないでしょうか。質問するのは自由、とか言ってましたしね」

「答えを返すかどうかはわからない、とも言ってた」

「……なんか腹立ちますよね、ああいう持って回った言い回しって」

「まあそういうキャラ作りなんじゃない？　知らんけど」

「詩愛さんはイラつかないんですか？　あの依頼人に」

「自分はそこまでじゃないなー」

盛り付けてあるブルーベリーにフォークを刺す詩愛。

「どういうつもりなのかわかんないけど、まあそういうお仕事なんでしょ。イラつかせるのもゲームのテストプレイのうち、みたいな。それに割と優しくない？　あの依頼人て」

「優しぃィィ？　はァァ？」

心逢がくちびるをひん曲げた。

「一体どこをどう解釈したらそうなるんですか？　目ん玉節穴ですか？」

「心逢ちゃん。顔がブスになってる」

「心逢がブスならそっちだってブスですからね？　同じ顔してるんですからね？」

「少なくとも不親切ではないよね」

鬼のような形相で睨んでくる妹をスルーして、詩愛は言う。

「十万円にしても新幹線にしてもホテルにしても。こうやって渋谷でおいしいかき氷食べてることにしても。ぜんぶあの依頼人のおかげじゃん」

「詩愛さんは考えが甘すぎます。悪いことをする人は油断させておいたところで牙を剥くものですよ」

「そっかなあ？　あんまりそうは思えないけどなあ。だとしたらもっとこう――そういうニオイみたいなものがすると思うんだけど」

「野生児の勘ですか？　詩愛さんお得意の」

「ただの分析だよ、心逢ちゃんお得意の。実際そうじゃない？　自分らの不利益になることと何もされてないよね？　この先もされる感じしないし」

現時点で観測できる事象のみから判断するなら、確かにその通りだろう。そこは認めざるを得ない。だがどうにも心逢は気に食わなかった。腹いせにチョコ&キャラメルのかき氷をフォークでざくざくざくざく突き崩してから、思考を切り替える。

「消印にはどういう意味があるんでしょう？」

十枚の絵はがきをかき氷の横に並べる。

「心逢たちの誕生日、六月六日の消印が十年分。最後の消印が五年前……ということは」

「お母さんが死んだ年」

詩愛が応じる。「でもって最初の消印は十四年前なんだよね」

「心逢たちが一歳になった年ですね」

「そうなる」

これだけ条件が揃うとなると、この絵はがきが白雪姉妹と母に無関係なもの、と考えるのは無理がある。ためつすがめつ、改めて絵はがきを確認してみるが、やはり精巧に作られた小道具という線は薄い。実際に使用された絵はがきとみて間違いない。

「……やっぱこの絵はがきの差出人、自分らのお母さんなんかな？」

「受取人と差出人の名前が書いてないですからね、１００％確定とまでは言えないかもしれないですが。そう考えるのが自然に思えます」

「筆跡はどう？　お母さんのクセ、あると思う？」

「正直そこまでは。だいぶ崩した筆記体ですし……でも同一人物の筆跡ではありそうですよね。そこは確定して構わないかと」

「受取人と差出人の名前が書かれてないのはなんでだろ」

「それは何とも……情報が少なすぎて、精度の低い推測しかできなそうです。何か理由があったんでしょうけど」

宛先は年によってばらつきがある。アメリカ、フランス、タイ、モロッコ、ブラジル。かなり多彩な国々に向けて送られている。

「受取人は海外に住んでいて、ちょいちょい住む国を変えてた、ってことかな」

「受取人がひとりだけ、とは限りませんけどね」

「理論上は、だよね？」

「ええ。おそらく受取人は同一人物。もし仮に複数の受取人がいたとすると、別々の人たちから十枚の絵はがきを集めるのは単純に大変なので。もちろん可能性はゼロではありませんが——それ以前に、うちのお母さんがそこまで交友関係の広い人だったとは思えません。だって心逢たち知らないですよね？　お母さんが深い付き合いをしていた人って。そういう話も聞いた記憶がありませんし」

「お母さん、そんなに健康な人じゃなかったし、あちこち出歩くタイプじゃなかったもんね……家で本読んだり音楽聴いたりしてる時間が多かったよね。そうじゃない時は自分と心逢ちゃんの遊びに付き合ってくれたりとか」

かき氷専門店は賑《にぎ》わっている。

客の九割が女子。だいたい二人組。映えのする盛り付けを施されたかき氷を、どの客も笑顔で味わっている。難しい顔をしているのは詩愛と心逢だけだ。

「この受取人」詩愛が首をかしげる。「どんな人だったんだろ？　けっこうフラフラしてる人だよね、十年で五ヵ国って」

「変わり者なんでしょうね」心逢が頷く。「うちのお母さんもかなり変わった人でしたから。そういう意味では違和感ないですよね。数少ない付き合いのある人が変わり者だったとしても」

「じゃあやっぱりこの受取人は、お母さんに関係している人物である可能性が高いわけだ。でもってこの受取人イコール、あの芝居がかった依頼人、って可能性が高いわけでもあると……なんか点と線が繋がってる感じはあるなァ」

詩愛と心逢はそろって腕組みをした。無意識のうちに仕草がそろうのは、いかにも双子らしいところかもしれない。

「――予断、ですね」

心逢が首を横に振った。

「どの推論もまだ証拠が足りません。確定できる情報を確定させて、それから謎の輪郭をはっきりさせていきましょう。解答は一発勝負だそうですから」

「まずは絵はがきに写ってる場所だよね。どこで撮られた写真なのか確認する必要がある、ってことか」

「その通り」

心逢は得たりと頷く。

「元々はそういう依頼、そういうゲームです。そのうちの一枚は宮益坂周辺の景色だってことがわかっていますし、私たちとお母さんとの縁もある場所でした。残りの九枚を詰めていきましょう。今どきはＳＮＳを使えばどうとでもなることが多いですし、面倒くさいですけど自分の足を使うことだってできます。努力して探し出せないということはないでしょう。現場百遍、まずは汗をかくことにしますか」

「努力かー。あんまり冴えないけどねー」

「東京を観光しながらついでに謎解きゲームをする、ぐらいのテンションで良くないですか？　ホテルもいいところ泊まらせてもらってますし、いま食べてるかき氷だって心逢たちのお小遣いじゃとても食べられないお値段ですし。美味しいところはたっぷり頂いて、夏休みを満喫すればいいんですよ。まだ行きたい場所もたくさんありますからね」

Interlude　sideS-3

「――君は気づいていたのかい?」喫茶店を出てハイヤーに乗り込んだ私はマネージャーに聞いてみた。「六月六日という、絵はがきの消印の意味に」

「いいえ」

彼女は首を横に振った。もう長い付き合いになる、内弟子同然のマネージャーだが彼女は時おり嘘が下手になる。今がまさにそうだ。

この日の私は少し体調が良かった。それに機嫌も。ポケットからスキットルを取り出してラム酒をあおる。身体が弱っているからだろう、ほんのひとくち飲んだだけで酔いが回ってきた。

「私が十年も解けなかった謎は、娘たちがあっという間に解いてしまった。やれやれまったく……自覚はあるつもりだが、私は本当に人でなしだな。だけどおそらく――双子たちは、あの絵はがきの差出人と受取人の名前が書かれていないことの意味には気づけないだろう。あの子たちはごく真っ当に育っているようだからね。気づかないならそれに越したことはないか」

「わたしにもわかりませんが」

「何がだい？」

「差出人と受取人の名前が書かれていないことの意味が、です」

「想像してみるといいさ。君は双子たちよりずっと多くの情報を手にしている。それでもなお想像がつかないというなら、残念ながら弟子の資格なし、だね」

マネージャーは無言。そして無表情。

自らの感情を覆い隠す術《すべ》については雇った当時から――否、出会った当時から長けた子だった。その意味においてマネージャーは娘たちと真逆の性向を持っている。そこにちょっとした対比を見いだして、私は何とも言えないおかしみを感じている。

興が乗ってきた。酒のせいだろう。

「ねえ君」

「なんでしょう」

「君って泣くのが苦手なタイプだろう？」

「はい」

「実は私もそうなんだ」

「知ってます」

おやそうだったか。

淡々と答えるマネージャーに、私は肩をすくめてみせた。

「こうみえて私はね、自分が人でなしであることにあまりいい感情を持ってないんだよ。

娘たちは平気で捨てる。自分の半身とさえ思っていた妹が死んですら泣けない。それでいて人として生きていて、あまつさえ人を楽しませる創作を飯の種にしている。まあ他人の感情の動きには敏い方だと思っているのでね、今の仕事は天職なんだろうけど」

「でもわたしは泣きましたよ先生の作品で。代表作のひとつ【Dear my Twins】――邦訳するなら【私の可愛い双子たち】ですか。日本語版は販売されていませんが」

「あれの元ネタはうちの妹のものだからねえ」

「ですが先生が完成させた作品です」

静かな語調で、しかしマネージャーは力説した。私は微笑むだけで言い返さなかった。

この手の問答は彼女と飽きるほど繰り返している。

私はもうひとくちラムを喉に流し込んだ。

この街に来て三日が経つ。

そうは長く保つまい、と踏んでいる。私が音を上げるにせよ、娘たちが飽きるにせよ。他にもこの愉快な茶番を終わらせ得る要素はいくらでも考えられる。その間に彼女たちは何かしらの答えを探り当てることができるのだろうか。あるいは私は、厚顔無恥を晒しただけの対価を、どんな形であれ手にすることができるのだろうか。

「ま、嘘泣きであれば造作もないさ」

私はうそぶいた。

「むしろ得意技ですらある。これまで色んな男たちをその手口でだまくらかしてきたからね。いざとなったら娘たちにもそれで許してもらおう。美人の涙、これに勝る切り札は他にないさ」

「そうですか」

マネージャーは白い目を向けてきた。本気で軽蔑している目だ。

そんな彼女の振るまいがひどく可笑《おか》しく思えた。私は笑ってラムをひとくち呷る。

Day4

「なるほどね。報告ご苦労さま」

ぼちぼち常連になってきた喫茶店で、向かい合って座る依頼人がねぎらってきた。

社交辞令だろう。本心からの言葉だとは、詩愛も心逢も思っていなかった。

「確度の高そうな推論はいくつも立てた。ただし君たち自身も納得はいってない。もちろん最終的な解答も示せていない。――そういう理解で合ってるかな？」

「ええ、まあ」仏頂面の心逢。

「合ってまーす」素直に認める詩愛。

「依頼はまだ続けるかい？」

「その前に答え合わせをもらえませんか？」

心逢が手を挙げる。

「一応、こっちは依頼を進めてるつもりですし、色んなこともわかってきたと思ってるんですけど。今の方向が合ってるのか間違ってるのか、そのへんだけでもジャッジしてもらいたくて。じゃないと、このゲームを先に進ませるのが難しいんですが」

「ルールは最初に伝えたとおり」

依頼人は首を横に振る。

「依頼をしている側は私、依頼が解決されたかどうかの判断も私が下す。ゲームマスターは絶対権力者だ。もちろん君たちのスポンサーでもある」

「そして嫌ならやめてもらって結構？」

「そのとおり」

心逢がお決まりのセリフを先取りしたが、依頼人は気にした様子もない。

今日の喫茶店もまずまずのにぎわい。依頼人のファッションはいつも通り、マスク越しの聞き取りづらい声も相変わらず。

「途中採点のシステムはないんすか？」

今度は詩愛が聞いた。

「テストプレイという名目だったっすよね、これって。だったら柔軟にルールを変更するのも大切なんじゃないかなー、って思うっすけど」

「いいところに目をつけるね」

依頼人はにやりと笑った――ように見えた。言葉の端と微妙な仕草から、詩愛と心逢がそう感じ取っただけ、ではあるが。おそらく合っているだろう。ここ数日の付き合いで、依頼人のクセをある程度は理解できるようになっている。

「確かに詩愛くんの言い分には一理ある。今回に限らず、世のゲーム全般にはフラグという概念があってね。一定の条件を満たせば発動する、そんな展開も用意されていないわけじゃない」

「何をしたらそのフラグが立つんすか？」

「それを私が説明してしまったらゲームにならないな」

道理である。

詩愛は軽く吐息して椅子に背を預けた。確認するまでもなく、今日もゲームクリアならずだ。謎の解答は示せないままだ。

「君たちは自分に才能があると思うかい？」

これにも少し慣れてきた。

依頼人の唐突な〝ペナルティの取り立て〟。

「お母さんには才能があると言っていたが。君たち自身はどうなのかな？」

双子は顔を見合わせる。

依頼人は詩愛の方を向いて、

「君は音楽が好きだと言っていたね。どういう音楽が好きなんだろう？」

「えーっ、と」指で頰をかく仕草をしながら、「わりとジャンルの趣味は広い方だと思うっすけど。ロックでもポップスでもパンクでも。ボカロ系もそこそこ。クラシックとかも少しだけ。まあぜんぜん手が回らないっすけどね、音楽ってジャンルが広すぎて」

「楽器は？　何か弾けるものは？」

「いやー、まあ遊び程度っすけど。ギターぐらいならちょっと触ったりとか。心逢ちゃんがうるさいってキレ出すんで、あんまり家では音を出せないんすけど」

「ギターの才能はあると思うかな？」

「いやー……自分、基本的には浅く広く、なタイプなんで。本気でやってる人には追いつける気がしないっすよ」

「作詞作曲をした経験は？」

「っえー？」

詩愛はくちびるをひきつらせた。「あー……」と視線をさまよわせてから、「まあ、ないことはないっすけど」ぼそぼそつぶやくように言った。

「そうなんですか⁉」

心逢が目を剥いた。

「そんな話、聞いたことないんですけど？　詩愛さんそんなことやってたんですか？」

「えっ。ああ。うん」

「えっ、どんな？　え、どんな？　心逢、聴いてみたーい」

「ええ……」

心逢に食いつかれて、詩愛は引き気味になった。

そこへ依頼人が被せてくる。

「私にも聴かせてもらえるかな」

「えええ……」

詩愛はさらに引いた。逃げ出さんばかりに腰を浮かしかけている。

「ねえねえお姉ちゃーん」

詩愛の腕を心逢が掴む。

「心逢、聴いてみたいなあ。聴かせてくれるよね？　ね？」

「うわキモっ。何その甘え声」

「そんな面白そうな話を聞いて、放っておけるわけないじゃないですかぁ。逃がしませんよぉ。ていうか双子の妹に隠し事とかなくないですか？　犯罪ですよそんなの。許せないですね絶対」

「詩愛くんの心がけには感心するね」

依頼人が追い打ちをかける。

「君たちの秘密、君たちの心のうちを晒してもらうのがペナルティ。詩愛くんはルールをよく理解してくれて隠し事をよしとせず、作詞作曲の件を秘密にしなかった。その心意気を買わないわけにはいかないな」

「どうせスマホに入っているんでしょう？　その曲のデータ。詩愛さんの行動パターンはだいたい読めてますので」

「私も鬼じゃない。スピーカーで音に出して聴かせろとは言わないさ。ヘッドホンでも使ってこっそり聴かせてくれればいいよ」

なぜか心逢と依頼人の呼吸が合っている。詩愛は自分の失言を後悔した。

観念してスマホを取り出し、のそのそした動きで操作する。「早くしてください往生際が悪いですね」「急かすなっつーの。……はい、これ」

手持ちのヘッドホンを差し出した。

心逢がすかさず両耳に装着。詩愛が再生ボタンを押すと、ふんふんふんと軽くリズムを取り始める。依頼人は黙って成り行きを見守っている。詩愛はそわそわした様子をみせている。

「……へえ」

やがて心逢がヘッドホンを外して、

「悪くないじゃないですか」

「え、ほんと？」

「はい。ぜんぜん曲になってると思います。意外です。ボーカルとってるのは詩愛さんですか？」

「ああうん、まあ。鼻歌ぐらいのテンションだけど」

「メロディーラインがしっかりしています」

「テンプレのコード進行をちょっといじってるだけよ？」

「アプリか何かを使って作曲を？」

「うんまあ。探すとけっこうあるからね、無料でも使えるやつ」

「歌詞がいいですね。ちゃんと青春してます。なんかこう、青くさいけど、走り出したくなるような感じの。悪くない——いえ、いいと思います。とても」

「え、ちょっ……恥ずかしいんだけど……そんな真顔で言われると……」

「もう一回聴いてみてもいいです？」

「いやいやいや！　一回だけで！　まだ完成もしてないんだからそもそも！」

絶対に渡すまいと詩愛はヘッドホンを取り上げる。顔が赤い。

「私には」依頼人が口を挟む。「まだ聴く権利はあるのかな？」

「えええ……？　まあ……はい。どうぞ」

詩愛が渋々の体でヘッドホンを渡した。

依頼人がヘッドホンの片方だけを耳に当てる。曲を聴き終えたばかりの心逢は、どことなくそわそわしている。まだ赤いままの顔でくちびるを尖らせながら、詩愛が再生ボタンを押す。

店内のBGMはナット・キング・コール。客のひとりが会計を済ませて店を出る。木製のドアに取り付けられたベルがカランコロンと鳴る。

数分が経った。

曲を聴き終えた依頼人が感想を述べた。

「いい曲だ」

「ですよね!?」

すかさず勢い込んだのは心逢の方だ。

「心逢もそう思ってたんですよ。身内の作った曲だからなるべく遠慮して評価してたつもりなんですけど、第三者が評価してくれてるなら客観性を保てますよね？　じゃあやっぱり心逢の感覚は間違ってないですよね？　ほらほら詩愛さん、いい曲ですって！　もっと喜んで！」

「いやー……」

詩愛は身を縮める。

「そこまでではないと思うっすよ、正直。まあちょっとは上手くやれたかなー、と思わなくもないっすけど……でもいろんなアーティストからネタ引っ張ってきてるの丸わかりっすもん。ぜんぜんダメダメっすよ、やっぱり」

「最初は誰でもそんなものじゃないですか？　もちろん完成度が高いとまでは言いませんけど、でも光るものは確かに感じましたから心逢は」

「いやー……」

詩愛は頭を掻いた。ひどく照れくさがってはいるが、まんざらでもなさそうだ。

そんな姉を見て心逢は満足そうに頷いている。

依頼人が言った。

「では次は心逢くんだね。見せてもらえるかな、君の小説」

「え」

心逢の顔が引きつった。

「なぜそんな話に？　というか私が小説を書いてる、ってことがなぜ前提になってるんですか？」

「双子の行動パターンはだいたい決まってるものじゃないかね？　姉が姉なら妹も妹。私の偏見かな？」

「この上なく偏見です！」

「でも書いてはいるんだろう？」

心逢は黙った。詩愛は「え？　まじ？」と驚いている。「書いてるの小説？　心逢ちゃんが？　初めて聞くけどそんな話」

「いや。まあ」

目をそらす心逢。

「なんでも構わないよ、君の文芸であれば」依頼人が促す。「ポエムだろうと散文だろうと日記だろうと。もちろん書きかけのものでも問題ない。プロット未満のアイデアの書き出しでもいい。見せてもらえるかな」

「いやいやいやいやいや」

心逢は手と首を同時に振った。狼狽している。

「無理です無理。見せられるレベルのものじゃないです」

「完成した作品を見せろと言ってるわけじゃないさ。そう身構えなくてもいいと思うがね。それに――」詩愛の方に顔を向ける。「私はともかく、彼女はなんと言うかな？」

「心逢ちゃーん？」

詩愛が白い目を向ける。

「まさか逃げないよねえ？　あれだけこっちを煽っといて」

「いや、その」

「心逢ー？」

心逢は観念した。

憂鬱そうな顔でスマホを操作して「どうぞ」と詩愛に手渡す。

「あざーっす。……ふんふん。小説だねこれは。アプリじゃなくてメモ帳に書いてるんだ。ふんふん……」

半ばにやけ顔で妹の作品を読んでいく詩愛。

隣に座る心逢は針のむしろに座っているような顔をしている。依頼人は黙ってコーヒーカップを手に取る。

BGMのナット・キング・コールが、チャーミングな声を振り絞る。詩愛はテンポ良くスマホの画面をフリックしていき、それより早いペースでクリームソーダをすすっていく。

「……え。良くないこれ？」

読書が一段落したところで詩愛が言った。真顔が妹のそれとそっくりだ。

「まあ自分、そんなに小説のことわかんないけど。でもなんかこう、普通に面白いっていうか」

今しがた読み終えたものを反芻《はんすう》するように口元を押さえながら、「あ、どぞ。読んじゃってください」スマホを依頼人に渡しつつ、

「普通に、って言うとちょっとアレかな？　でも自分あんま語彙力ないんで。上手く言葉にはできないけど――」

「待って詩愛さん。待って」

心逢が姉にすがりつくように、

「ちょっと心の準備できてないのでまだ。依頼人さんが読み終わってからで。それとすいませんカフェオレおかわりしていいですか？」

依頼人は無言でうなずき、スマホから視線を外さない。

薄暗い店内のBGMがルイ・アームストロングに変わった。

ひとりの客が会計を済ませて、ふたりの客が新たに入ってきた。パンケーキの焼ける香りが店内を満たし、心逢はカフェオレのおかわりを飲み干した。マスクとサングラス越しの顔からは、依頼人の心情は読み取れない。姉妹は固唾《かたず》をのんで依頼人の一挙手一投足を見守る。心逢はもちろん詩愛までもが、圧迫面接でも受けているような面持ちで肩をこわばらせている。

詩愛よりも長い時間をかけて小説を読み終え、依頼人がスマホから顔をあげた。

「良い小説だ」

「――っすよね⁉」

食い気味に詩愛が言った。テーブルを乗り越えんばかりに、上半身が前のめりになっている。

「まだ冒頭だけなんで、こっから先どうなるかはわかんないすけど。キャラの配置がいいっすよね。すっと物語の中に入り込めるし、短めの文章が続くから読みやすいし。長々とだらだらと書いてる感じじゃなくて、すぐ核心に入ろう、って意志を感じるというか」

「心逢には純文学とか無理なので。なるべくエンタメに徹するように心がけはしていますが……いえもちろん、全然甘いのは自覚あるんですが……」

「それに心情描写がねー、なんか新鮮っすよねー。心逢ちゃんこんなこと考えてたんだー。へーえ。もうちょっとポップでキュートな感じになるのかって、なんとなく想像してたんすけど。真面目だこれ。うわー」

「あのう……すいません、これって想像以上に恥ずかしいので……そのへんで勘弁してもらえますか……」

「続きはいつ書くの？」

「えっ？　いえまあそのうち」

「いえまあそのうちじゃないから。鉄は熱いうちに打てだから。せっかくキャラたちが動き出してんだから、ちゃんと最後まで書いてやらないと」

「いやー、勢いだけで書いてるモノですから……ジャンルすら自分でわかってないですし……もちろんこの先どう転がっていくのかも何も考えてないですし……いやだって、こんな形で晒すことになるなんて思わないじゃないですか！　こんなことになるならもうちょっと……ていうか言っておきますけど夢小説の域を出ていないですからねこれって⁉　見せろって言ったのはそっちなんですから、文句は受け付けませんからね⁉」

「文句なんて言ってないじゃんー。自分は楽しんで読めたよ。そりゃ完成度みたいな話をするならまだまだなのかもしんないけど。でもそもそも冒頭しかないんだし。これからだよこれから。いやー続きを読むの楽しみだわー」

　心逢は両手で顔を覆った。

「いやもう無理。なんですかこの流れと空気。こんないたたまれないことがこの世に存在していいんですか……」

「心逢ちゃん、自信持っていいから。ほめてんだからこっちは」

「ううう……」

　妹の背中をぽんぽん叩きながら、詩愛は白い歯を見せている。からかう調子もないではないが、基本的には純粋なニュアンスの仕草と言葉だった。

「ふたりともありがとう」

　着ぶくれしたトレンチコートに首を埋《うず》めるようにして、依頼人は言った。そんな仕草をするとまるで、《銀河鉄道９９９》に出てくる車掌さんみたいに見える。

「ペナルティの取り立てとしては十分だ。十分に身を切って、心の内を晒す内容だった。今日のセッションはここまでとしよう」

「あっ、待って！」

依頼人が伝票を取り上げようとするのを見て、思わず詩愛が呼び止める。

「なにかな？」

「あーっ、と……」

呼び止めておきながら逡巡する。手の指をわちゃわちゃ動かしながら視線を左右にさまよわせて、最終的に妹に助けを求める。心逢は『なんで心逢が』とでも言いたげに、肘で姉の横腹をつつく。

「えーっと、っすね」

それでも姉の責任だと腹を据えたようだ。ふんぎりをつけた様子で口を開く。

「もうちょっと感想もらえないっすか？」

「ふむ。感想を」

「せっかく聴いてもらって、読んでもらったんで。もうちょっといろいろ聞いてみたいなー、なんて」

「見せただけだと見せ損じゃないですか」

心逢が加勢に入る。

「これだけ恥をさらしたんですから、何か取り返さないと気が済みません。批評でも分析でも何でもいいです、もうちょっと思ったことを聞かせてください」

「ふむ」

依頼人はテーブルを指でとんとん叩く。黒手袋が店内の照明を鈍く反射する。

「私ごときが何かを意見していいのかな」

「もちろんです。というかあなた、ゲームのマスターやってるんですから。こういうことには詳しいんでしょう？」

「それは偏見じゃないのかい」

「論理的な推測です」

「まあ確かに」

依頼人は億劫そうに座る位置を直しながら、

「音楽だろうと小説だろうと、君たちよりは知ってるだろうさ。年の功でね。ただし私はプロの評論家じゃない。そもそも私自身が才能に恵まれているわけでもない。そんな人間からの批評でも納得できるなら、お望み通りに思うところを述べよう」

持って回った口調。同時に淡々としてもいる。

双子たちには依頼人の内心が読み取れなかった。これこそ年の功だろう。サングラスにマスクという小道具も、もちろん利いているのだろうが。

「では言わせてもらうが」

依頼人がテーブルを叩く指を止める。

「君たちの創作物から天賦の才能は感じられない。確かに若さのあふれる、端々からみずみずしさを感じる、爽やかな曲であり、小説だったと思う。だが――それ以上のことは何もない」

　凍り付いたように固まった。詩愛も心逢も。

「軽音部なり文芸部なり、そのあたりのレベルであれば頭ひとつ抜けて目立った活躍ができるかもしれないね。同好の士と切磋琢磨することを強くお勧めする。始めるなら早ければ早いほどいい」

　店内の温度が何度か下がったような錯覚。双子たちは息をするのも忘れて固まり続けている。

「君たちはプロを目指しているのかい？」

　問われてもなお、双子たちは口を開けないでいる。

　淡々とした語調ながら依頼人の声には確信の響きがあった。依頼人が発した言葉の意味も、彼女たちは正確に把握している。

「ええと、まあ」

　ようやっとのことで詩愛が返答した。

「そういうわけじゃないっす、自分は。プロ目指すとかそんなこと。とても言える立場じゃないっすから」

「心逢も」テーブルを見つめながら心逢も続く。「プロは目指していません」シンプルに返答した。というより、それ以上は言葉に出すのを恐れている、という様子だった。

「君たちの心情は理解しているつもりさ」コーヒーカップの縁を指で撫でながら依頼人は

言った。「私も君たちの側に属している人間だからね」

　双子たちはちらりと依頼人を見上げ、そして姉妹同士で視線を交わし合った。できることなら言い訳をしたい気分だった。いま聴かせて読ませた作品たちは、アマチュアの手すさびに過ぎず、プロがどうとか、まして天賦がどうとかの話をするのはあまりにも大それているし、そもそも話題の本筋ではなかったはずだ——云々《うんぬん》。

　だが、である。

　調子に乗ったところ、甘く見ていた面、その他もろもろの軽率さを抱いていなかったかといえば。口が裂けてもそんなことは言えそうになかった。

　詩愛も心逢はそろって俯いた。

　依頼人が口を開く。

「公平を期して言うんだが」

　引き続き淡々とした口調だった。言葉どおり公平に徹しようという意思が、その口調からは感じられた。

「この世に存在するほとんどの専門家、プロフェッショナルは、凡百の才能の持ち主でしかない。本物の天賦は本当に一握りしか存在を許されない。天賦を持たざる者は、それでも歯を食いしばってそれぞれの創作に向き合って、どうにか折り合いをつけてやっていくものさ」

　詩愛と心逢がそぉっと顔を上げる。

「君たちが自分の将来をどう見据えているのかは知らない。ただ、天賦をもって生まれついていないからといって、失望するのは早すぎると思うね。……これはプロを目指そうとアマチュアを目指そうと関係なく言えることだ。どのみち人間というやつは、自分の生まれ持った器と折り合いをつけて生きていくしかないんだから」

依頼人の口調はあくまで淡々としている。

双子たちは一言一句聞き漏らすまいと耳を傾けている。

「ま」

依頼人が帽子のつばを指でつまみ、深くかぶり直す。

「戯れ言さ。望まれたから好き勝手に言わせてもらっただけのこと。私は自分の発言に何の責任も持たないし、君たちも真面目に聞く義理はない」

「あ、いえ」

詩愛が頭をさげた。「感謝してるっす。ためになりました」

心逢は何も言わない。

というよりぐうの音も出ない感じだよね——と詩愛は思った。悔しげにくちびるを噛んでいるが、妹の気持ちは嫌というほどわかる。姉の立場がなければ、詩愛もまた妹と同じ振る舞いをしていたにちがいない。

「ではまた明日」

依頼人が今度こそ伝票を手に取った。

「明日でもう五日になる。期限こそ設けていないが、永久に続けられるゲームでもない。そろそろ結果が出ることを期待しているよ」

Interlude　sideM-3

白雪静流こと私、そして私の姉には、決定的に異なる点があった。

第一に天賦。第二に性向。

姉が評するとおり、どうやら私には天賦があった。まるで壊れた蛇口みたいに、私の心のうちには抑えきれずあふれてくる何かがあり、尽きることがなかった。私はそれを大いに持て余した。なぜならそれらのアイデアやインスピレーションに、私自身が何の興味も持てなかったからだ。たとえるならフォアグラのようなものか。自分の意思に関係なく、栄養たっぷりの飼料を詰め込まれている気持ち。あるいは知らない言語で書かれた名作の小説を延々と読み聞かせられる気持ち、とか。

私は自分でも呆れるくらい凡人に向いていた。普通の家に生まれ、普通の学校に通い、普通の友達を作り、普通に美味しいものを食べて喜び笑い、普通に恋をして普通に家庭を築いて――そんな未来を想像するのがもっとも心安らぐ人間だった。天賦などは私にとって厄介な異物でしかなかった。

一方で私の姉だ。

彼女は――彼女自身がかねてから自認していたことだが――器用貧乏のきらいがあった。

才能に恵まれなかったわけではないが、誰もがその眩《まばゆ》さに目がくらむような天賦までは、持ち合わせていなかった。これは私の解釈だが、突き詰めれば天賦に匹敵するだけの輝きを放ちうる何かを、姉は持ち合わせていたと思う。少なくとも姉が時おり自虐するような凡才では、決して彼女はなかったはずだ。磨けばダイヤモンドになる何かを確かに持っていて、しかし原石が持てるポテンシャルを余すところなく発揮する機会は、ついぞなさそうに見受けられた。

理由は明確。姉は大変に移り気な性格をしていた。

奔放な気分屋、ひとところにじっとしていることができないタイプ。積極的かつ貪欲であり、それでいて飽き性でもあった。その性格は明らかに、姉の才能を本当の意味で開花させるのに向いていなかった。ダ・ビンチとは言わずとも、それっぽい何かにはなれたかもしれないのに。私の目から見て姉は、持って生まれたものを無駄遣いしているようにしか思えなかった——もっとも私も姉から、まったく同じことを言われていたわけだが。

そしてさらに皮肉なことがある。

困ったことに私と姉は、お互いがお互いに、強い憧れを抱いていた。

「はーあ。あんたがうらやましいよ私は。くれたらよかったのにその天才」

「私は姉さんがうらやましいけどね。そんな風に自由に生きられたらいいのに」

ままならないなァ、と私たちはよく笑い合ったものだ。

だがあながち笑い話でもない。天賦や性向が引き算足し算できるものであれば、私と姉は完璧に丸く収まっていたかもしれないのだ。……いや、仮にそうなったところで、お互いのことが全く理解できない、永久にすれ違ったままのふたりになっていたかもしれないのだから、何が幸いだったのか知れたものではないのだけど。

それに私と姉には、瓜二つなところだってちゃんとあった。見た目は言うまでもなく、音楽や小説などの趣味は気持ち悪いくらいに一致した。性質はまるでちがうというのに、人間はまこと不思議な生き物だ。

加えてもうひとつ。私と姉には、悪夢的に共通していることがあった。私は凡俗らしからず、姉は彼女の奔放な性格にふさわしく——良識とか社会通念を、その気になればいつでも投げ捨ててしまえるところがあったのだ。

これまた奇妙なくらい、そしておそらく周囲の人間にとってははた迷惑なことに。この点についても私たちは、写し絵のようにそっくりだったのである。

Day5

「――とはいえ、ですよ？　夢ぐらい見させてくれてもよくないですか？」

　心逢はぷんすかしていた。

　この日の渋谷はあいにくの空模様。土砂降りでこそないが、ぱらりぱらりと中途半端な雨粒が舞い、道ゆく人々は傘を持ち歩かないわけにもいかない。

「夢を見る資格を手にするだけの努力をしていない、とか言われたらその通りですけど。でも趣味とか思いつきとかで始めたっていいじゃないですか。途中まで作られて完成しなかったプロの作品だって、世の中にごまんとあるでしょう。そもそも何かのきっかけでなんとなく、お気楽に何かを始めて、それで結果を出す人だってたくさんいるはずですし。そういう人たちがいろんなジャンルを下支えしてるわけじゃないですか」

「そのへんを否定してたわけじゃないけどね、あの依頼人さん」

　ビニール傘を差して歩きながら詩愛は言う。

「そんなことはわかってます。心逢はただ、言われっぱなしだったのが悔しすぎるあまり、何かと理由を探して難癖をつけたいだけです」

「そのへんの自覚があるところは心逢ちゃんのいいところ」

前日に依頼人から言われたことは、双子たちに大なり小なり傷跡を残していた。あなたは選ばれた人間ではないと断言されることほど、青少年を消沈させる言葉も他にない。詩愛も心逢も例外ではなかった。

「ま、いいんですけどね！　別にプロじゃないですからね、心逢は！」

閉じた傘をぶんぶん振り回しながら心逢は毒づく。「周りの迷惑だよー」たしなめながら詩愛が聞く。

「心逢ちゃんはプロを目指さないの？　小説の」

「目指しませんよ。気が向いたからちょっと書き始めて、気が乗ったからちょっと書き進めてみただけです。そしてとっくに行き詰まってしばらく前から放置している小説です。そんなのでプロを目指してるとか口が裂けても言えないでしょう。文芸部にすら入ってるわけでもないのに。しかも冴えない田舎暮らしで」

「自分は目指してみたいけどねぇ」

雨空を見上げながら言う姉に、心逢は「え。本気ですか」と眉をひそめる。

「いや本気じゃないよ？　ゆるーくだよ、ゆるーく」

「甘すぎませんかその考え方」

「甘いよもちろん。でも続けない方が気分悪いんだよねー。サークル入るとか、バンド組むとか、そのへんどうなるかはわかんないけど。音楽は好きだしやっぱ。聴くだけじゃなくて――というか、聴き続けてたら自分でもやってみよう、って思っちゃうし。その気持ちは止めない方がいいよね？　で、その先に何かがあったらもうけもんでさ。その結果がプロだろうとアマチュアだろうと」

「詩愛さんはあの依頼人に影響受けすぎです」

「言ってたことは正論だったじゃん」

「あの人が詐欺師だったらどうするんですか。口の上手い人に乗せられるとろくなことがないですよ」

「本当にあの人を詐欺師だと思う？」

心逢はへそを曲げた時の顔をした。歩く動作がアスファルトを蹴るようなものになる。

詩愛は妹の頭上に傘を差しかけながら、

「夢ぐらい見てもいい、ってのは自分もそう思う。でもって夢を見るやり方は人それぞれ自由で。自分は自分のやり方でやるだけ、って話。心逢ちゃんが夢を見るのをやめるのも、それはそれで自由なやり方なんで。そこは好きにしたらいいと思うけど。でも自分、読めるものなら読んでみたいけどね？　心逢ちゃんの小説の続き」

「……現実的に可能かどうかは別にして」

心逢がほっぺたをふくらませる。

「心逢の今の望みは何かすっごいものを書いて、あの依頼人に一泡吹かせてやることですね。やるとは言ってませんよ？　できるとも言ってません。ただの妄想です。嫌なやつを頭の中でぼっこぼこにしてすっきりしたいのと同じ理屈です」

「いいんじゃないそれで？　妄想するのも自由なんだし。……どっちにしたってこの先のことは考えていかなきゃだもんね、自分たちの人生。そのためのいいきっかけにはなってると思うな。こうやって渋谷に来て、いろんな経験をしてるのは」

奇妙な手紙から始まった、詩愛と心逢の小さな冒険。

いつの間にかそれは、母・白雪静流の在りし日の姿を追う旅になり、同時に自分たちの来し方行く末を見つめ直す旅にもなりつつある。

そして今日、五日目。

これまでにはなかったひとつの変化があった。

「どうしたんだろね、あの人」と詩愛。

「さあ。そういうこともあるんじゃないですか」と心逢。

双子が話題にあげているのは例の依頼人のこと。

連絡があったのだ。『今日のセッションはキャンセルで』と。

連絡ツールとして使っているLINEで『理由は？』とたずねても『体調不良』としか返ってこなかった。セルリアンタワーのツインルームと並んで定宿のようになっているいつもの喫茶店に、今日は三十分も歩いて赴く必要がない。四日も連続で同じ時間に通っている場所に不意に行かずに済むとなると、まるで塾や部活動をサボっているような、なんとも言えず居心地の悪い気分になってくる。

「ま、この天気だからねえ。外に出るのが面倒になったのかな」

「そんな理由でいきなりキャンセルします？　これまでそんな雰囲気ぜんぜんなかったじゃないですか」

「それともあれかな、自分らを焦らせる戦略とか？　『そろそろ結果を』みたいなこと、昨日も言ってたし」

「あり得ますね。何かと小細工しそうですもんね、あの依頼人」

ゲームのテストプレイという題目であるからには、その手のアクシデントを起こすことも十分に想定できた。事実、依頼人からの連絡が届いた瞬間の双子たちは反射的に冷や汗をかいたものだ――いつでも終了し得ると言われていたこのゲームが、その予告どおり、唐突に終わってしまったのではないかと。本当に終わってしまったのであれば、あまりにも消化不良であると。

どうやらそういうわけではないと知り、双子たちはホッと胸をなで下ろしたものだが。これが依頼人の小技だとするなら、まんまと掌の上で踊らされたことになる。もっとも、あの手紙を受け取ってからこのかた、依頼人のペースで話が進まなかったことは一度たりともないのだが。

いずれにせよ一日ぶんの猶予《ゆうよ》はできた。

文字どおり降って湧いた機会だ。双子たちは渋谷遊びの誘惑を封印して、本日は調査に専念しようとしている。

雨脚が少し強くなった。

街に色とりどりの傘の花が咲く。心逢も渋々、持っている傘を差す。雨模様でも夏は夏だ。渋谷の人混みをちょっと歩くだけですぐに暑苦しさで汗がにじむ。

ふたりが向かっているのは渋谷ストリーム。

渋谷駅周辺の再開発の一環として建てられた、複合商業施設だ。

「着いた着いた。……うわー。こんなことになってんだ、ここ」

「おしゃれですねえ」

謎解きに四苦八苦している双子たちだが、手をこまねいていたわけではない。

今時はＳＮＳという便利な手段がある。使い方には細心の注意を払う必要があるが、気まぐれな集合知は時に思わぬ成果をあげる。

何日か前に種まきは済ませた。匿名掲示板、Ｙａｈｏｏ！知恵袋、旧Ｔｗｉｔｔｅｒ、その他もろもろ。

十枚の絵はがきの画像をアップして『これらの写真に心当たりのある方はいませんか』と手当たり次第に情報を募集する。加えてちょっとばかりの小細工『亡き母の生前を追う、とある双子姉妹（美少女）の物語』というニュアンスもちりばめる。

詩愛にとっても心逢にとっても得意分野ではないのだが、それでもＳＮＳ利用における最低限度の素養を彼女たちは持っていた。

そして拍子抜けするぐらいあっけなく手がかりのひとつが見つかった。

それがここ、渋谷ストリームの一角だ。

手元の絵はがきと現実の景色を見比べる。

八幡橋あたりから渋谷駅方向に向かってシャッターを切ったとおぼしき景色。

デザイナーズマンションのような高層ビルがいくつも建ち並んでいる光景こそ写真には写ってないが、昔と変わらない建物も少なくない。絵はがき十枚のうちの二枚目は、特定が済んだとみていいだろう。

「すごいねーSNSの特定班。ホントにここだ」

「心逢たちが汗をかかなくても済むようになるかもしれませんね。けなげで可愛いキャラを作って書き込みするのは骨が折れますけど」

周辺を少し歩いてみた。

「渋谷川ってこんな感じだったっけ？」

「いえ。いやさすがにもうちょっと汚かったですよね」

「うわ見て心逢ちゃん。ここ地面に線路のレールがある。ビルの中までずっと通ってる」

「うわホントですねすごーい」

観光気分にひたりつつ確認する。未来化が着実に進んでいるものの、確かに見覚えがあり、足を運んだこともある場所だ。

「思い出した」

心逢が言った。

「ここの川です。心逢たち、服か何かを落としませんでしたか」

「……あー。あー」

詩愛がこくこく頷く。

「あったあった。キャラもののパーカーだった。何歳のころだっけ。だいぶ小さい時だったと思うけど」

何をしに来たのかは忘れたが、かつて母と一緒にこのあたりを歩いたはずだ。

かなり気温の上がった日で、暑苦しくなった詩愛が着ていたパーカーを脱いで、姉妹でじゃれ合うか何かしていた拍子に、パーカーから手を離してしまった。お気に入りだったピュアホワイトの布製品が、無情にも宙を舞って川面《かわも》に落ちた。

『なにやってんの詩愛』

『心逢が悪いんでしょ』

責任のなすりつけ合いでケンカになった。先に詩愛が泣き出して、つられて心逢も泣き出した。

そして母は『よーし』と腕まくりした。

「……止めたっすよねー、わりと必死に」

「……ていうかドン引きでしたよね、心逢も詩愛さんも」

母・白雪静流は、川に入って服を回収しようとしたのである。

川といっても大都会のど真ん中を流れる川だ。高さを十二分に取った護岸工事が施され、大変な鋭角に切り立っている。橋から水面までの距離は十メートルほどもあり、そもそも人が立ち入れる構造をしていない。川沿いは柵で囲われているし、よしんば川に降りられたとしても上ってくるための梯子《はしご》がない。

『大丈夫、大丈夫』母は安請け合いしていたが、小学校低学年の双子ですら理解していた。

『いくらなんでもそれは無茶』だと。

「あれってお母さん、わざとやったんかな？」

「いやどうでしょう……ああいうことを素でやる人でしたから……」

けっきょく双子はケンカどころではなくなり、お気に入りのパーカーは川下に流れ消え、詩愛は別の新しいパーカーを買ってもらった。お気に入りのピュアホワイトとはぜんぜん違うデザインだったが、不平を鳴らす気にはさすがの詩愛もならなかった。

「やっぱりわざとやったんだと思う」

「それはつまり、お母さんはあえてああいう行動をして、心逢たちがケンカどころじゃなくなるようにした、ってことでしょうか？」

「うん」

「だとすると中々の策士ということになりますが」

「心逢ちゃんは素でやってたと思ってる派？　お母さんのああいう行動」

「そう……思ってましたけどね。自由で破天荒で、怖いものなんて何もない人で」

橋の上から川を見下ろしながら、ふたりはしばらく黙った。

雨脚が強まっている。川面に無数の円が広がっては消える。まるで渋谷を行き交う人々が傘を差す姿を、建ち並ぶ高層ビルから眺め下ろしたような景色に、それは見える。

第三の場所も特定できた。

渋谷駅ハチ公前のスクランブル交差点を渡り、ＪＲの高架下をくぐって左に折れる。戦後闇市の面影を色濃く残す横町を通り抜けたところに、その場所はある。

「うわー。こんなんなってんだ、ここ」

「はわー。おしゃれですねえ」

ふたりが見上げているのはＭＩＹＡＳＨＩＴＡ　ＰＡＲＫだ。かつてはごく普通に《宮下公園》と表記されていた、ＪＲ線と平行するように敷地をなす細長い公共施設だった場所は今、ちょっとした城砦のような様相を呈している。

「なんかお店がめっちゃあるんだけど……これ百貨店じゃないんだよね？」

「四階建て？　五階建て？　ビルですよ普通にこれ。あ、詩愛さん見て、ホテルまでありますよあそこ」

ふたりはスマホを取り出して検索してみる。

上空から撮った写真を見てみると、現在の宮下公園の姿の目立ちっぷりがことさらよくわかる。良く言えば蚕の繭のような、悪く言えば地べたを這う芋虫のような、そんな見栄えでこの建物は設計されている。昔の画像も検索して比べてみたが、かつての面影はみじんもない。

そして絵はがきの場所も跡形もなく消えていた。これまたSNSに寄せられた情報を元に双子が思い出したのだが、この公園にはフットサル場があった。

「あー……確かになくなってるねえ、サッカー場」

「サッカーじゃなくてフットサルですよ。怒られますよ界隈の人に」

階層も構造も異なるが、確かに存在したスポーツ施設。

今では屋上にあたる場所に、ビーチバレー用のコートが開設されている。雨に濡れただだっ広いコートに、人の姿はない。

「あー、はいはい」

詩愛が言った。

「あるねここにも。印象的な思い出」

「ちょっとした事件でしたね、心逢と詩愛さんにとっては」

散歩でもしに来たのか、それともランチでも食べに来たのか。例によって記憶は定かでないが、はっきり印象に残っている出来事がある。

母は何を思ったのか『まぜてくださーい』と手を挙げたのだ。フットサルをプレイしていた男性ばかりのチームに向けて。

戸惑いの顔でお互いを見合ったのも一瞬。気の好い彼らは母・静流をコートに招き入れてくれた。彼女は靴を脱ぎ、裸足でプレーを始めた。

しかもである。飛び入り参加を申し出たからにはまずまず心得があるのかと思いきや、どうやら母は清々しいまでの未経験者だったらしい。そもそも彼女の運動能力はお世辞にも高いとは言えず、さらにそれ以前の問題として健康状態もあまりよくなかった。

さらにあろうことか母は『あんたたちもおいで』と言って娘ふたりをコートに招き入れた。幸いと言っていいのかはたまたその逆か、チームの人たちは非常にフレンドリーかつ大らかで、詩愛と心逢に介添えしてあれこれ教えてくれたのだが、

「なんかもう必死だったよね、自分ら」

「巻き込まれにも程がありましたよね」

「でもちょっと楽しかった気もする、今にして思うと」

「そうですかぁ？　心逢はずっと生きた心地しなかったですけど」

「思いっきり接待プレーだったけど、ゴールを決めさせてもらったのも覚えてる。……あ、もういっこ思い出した。けっこう外国の人が多かったんだあの時。めっちゃ英語で話してた気がするね、お母さん」

「英語、上手かったんでしょうか？」

「子供だったからそこまではわかんなかったけど。まあ普通にしゃべれてた気がするね。コミュ力激強っていうか、怖いもの知らずっていうか……」

思い出話に一花咲かせてから、ふたりはまた黙った。

そろって傘を差して並び立ちながら、砂のコートを眺めるともなしに眺める。

「仮にですよ?」

心逢が言った。

「十枚の絵はがきの差出人が、うちのお母さんだったとして。詩愛さんはどう思いますか?」

「というとつまり?」

「ずいぶんまめな行動だな、と心逢には思えます」

自分で撮影した写真をわざわざ絵はがきにして、毎年同じ日に、それも消印の日付を娘たちの誕生日に合わせて、欠かさず誰かに送る。しかもそのことを娘たちには話さない。

かけ離れているのだ。双子が母に持つイメージと、その行動とが。

「そんなことしてたのかな、と。悪く言えば大雑把な人だったと思うんですよね、細かいことは気にしない人、というか」

「そだね、それはあるかも。……でもそんなの普通じゃない? 娘たちが知らない母の姿なんて、ありふれてるものだと思うなァ」

心逢は反論しない。姉の主張は理にかなう。

だが白雪静流なのだ。母だったあの人は。

言うまでもなく母のすべてを知っているわけではない。だけど知らない姿、とひとことで片付けてしまうのは、どうにも違和感を覚える。

母のことを思い出してみる。

ろくに働いていなかったようにみえた。

交友関係も少なく、家でごろごろしていることが多かった。

お金に困っていた様子はなかった。

ギターは持っていたが、弾いているところを見せてくれた記憶がない。

音楽はたくさん聴いていた。家事をする時はずっとヘッドホンをしていた。

わりと立派なパソコンを持っていたが、起動している場面を見たことがない。

コンテンツの消費量は多かったようで、小説も漫画も映画のソフトもよく買っていたから、賃貸のマンションにはそれらがあふれかえっていた。

「田舎の家のことなんだけど」

詩愛が言った。

「あの家、ほんと多いよね。小説も漫画も映画も」

「CDとかもですね」心逢がうなずく。「埋め尽くされている、って表現がぴったりです」

「自分らの住んでたマンション、足の踏み場がなかったね」

「それでもだいぶ少なかった方だと思いますよ、田舎の家に比べると。お母さんが死んだ時に、ほとんどは形見としておばあさまが持って帰ってましたけど――それを差し引いても田舎の家には物が多すぎます」

詩愛と心逢にとってはレンタルショップで暮らしている感覚で、その点については存分に恩恵を享受していたから、自分たちの部屋が狭くなることも我慢できたし、これまであまり気にすることはなかったが。それにしても度が過ぎていると、今にして思える。

「実家が太かったんかなー」

「おばあさまは堅実な士業の人だったらしいですから。お金はなくもなかったでしょうし、ひとり娘に好きなだけ物を買い与えていたわけですか」

「お堅いけど娘には甘かった、ってこと？」

「当人に聞いてみるのがいちばん早いんですけどね」

「素直に話してくれる気はしないよね、あのおばあさま」

今現在、詩愛と心逢の保護者になってくれている祖母。

元々は弁護士だったそうで、母が死んだあとの事後処理もすべて彼女がやってくれた。

言うまでもなく白雪静流をもっともよく知る人ではあるのだが、ひとり娘と本気で絶縁していた過去から考えても、簡単には情報を引き出せないように思える。

詩愛と心逢に旅行の許可を出した際の態度からして、何かしらの事情を知っているのでは、と双子はにらんでいるのだが。

「まあ無理だよねー、あの人の性格だと」

「教えてくれる気はしませんね……それでもいったん田舎に戻ってみますか？　調べればわかることが色々あるかもしれません」

「その間にゲーム終了、ってことになったら？　そのへんはあの依頼人の気分次第でどうとでもなる、ってことだし。今日だってキャンセルになってるし」

「うーん……」

そもそもいま住んでいる田舎は母・静流の地元ですらないのだ。というのも祖母はもともと東京に住んでおり、現在の田舎には詩愛と心逢が生まれる前に引っ越したらしいのである。

ゆえに詩愛も心逢も、いま暮らしている土地で母の話を聞く機会がない。祖母と母がどういう関係だったか、どう生まれ育ったか、そういった情報はほとんどわからない状態にある。親戚づきあいが皆無なのも痛い。縁や伝手《つて》が軒並み絶たれている。

白雪静流の素顔を娘たちが知らないのは当然なのだ。

「探偵でも雇ってみる？　十万円あるし」

「心逢たちは未成年ですし、まともな探偵は依頼を受けてくれないでしょう。というかもう十万円も残ってません。わりと散財してしまいましたから」

「んだよねえ……ところで心逢ちゃん」

「なんですか」

「お母さんのこと、どう思ってる？」

心逢はすぐには答えなかった。

雨はまだやまない。

臨時休業の看板を出したキッチンカーのそばで、ふたりはビーチバレーコートの砂場をみつめている。誰もいないその場所に、往時の賑わいを見いだそうとするかのように。

「――心逢と詩愛さんは、これでも双子の姉妹ですから」

傘を広げたまましゃがみ込んで、心逢が言った。

「考えてることはだいたい一緒だと思いますよ」

「ずるくないその言い方？」

「察してくださいよ。これまでそういう話は一度もしてこなかったじゃないですか。ここはお姉ちゃんの出番ですよ？　妹が言いにくそうにしていることは姉の方が率先して言いましょう。それでこそ真のお姉ちゃんです」

「歳いっしょなんだけどねえ、自分ら」

白い目を向ける詩愛だったが、彼女は確かにお姉ちゃんだった。

「宙ぶらりんだったんだよ、ずっと」

傘を差して立ったまま詩愛が率先する。

「お母さん、病気が見つかったあとはホントにあっという間に死んじゃってさ。その後はあれよあれよ、ってやつだったから。それにお葬式もなかったし。気づいたらもうおばあさまと暮らしてた、みたいな感じで。だからタイミングなくしちゃった。お母さんのこと考えるタイミングを。宙ぶらりんなんだよ今。何もかも」

「普通はもっといろいろあるんですよ」

心逢が言葉を継《つ》ぐ。

「親戚とか友達だった人から話を聞いたりとか。それこそお葬式ですよね。そこで色んな手続きみたいなのがあって。あなたのお母さんはこういう人だった、ああいう人だった、みたいな……そういうのがお通夜とかにあって。それでなんとなく、死んだ人が本当に死んじゃって、そのことを呑み込むためのチャンスみたいなのが与えられると思うんです。でも心逢たちにはそういうのありませんでしたから。遺品整理とかもやらなかったんですよね……そういうのをやりながらたぶん、宙ぶらりんになった人たちはゆっくり地面に降りてくるんじゃないかと。たぶんそういうのが、本来はあるべき手続きなんじゃないかと。心逢はそう思います」

「今それをやってる、ってことよね。自分ら」

「そんな話になるとは思ってもみなかったですけどね。最初にあの謎解きゲームの招待状とやらを受け取った時には」

宮益坂周辺。

八幡橋から見下ろす渋谷川。

宮下公園フットサル場。

謎解きゲームの名目で十枚の絵はがきの場所を特定するタスクは、さながら巡礼の旅のようだ。母のことを嫌でも思い出すし、嫌でも考えざるをえない。ずっとその手続きを望んでいたか——と問われたら、確かに是と非、相反する気持ちがある。だけど目の前にその機会が転がり込んできたら、黙って見過ごす選択はありえなかった。ゆえに双子たちは、奇妙なゲームになおも付き合っている。スポンサーのすねを遠慮なくかじって渋谷遊びにうつつを抜かす方向に舵を切るでもなく、頃合いをみて田舎に戻るでもなく。

「怖い、と思ってるよ。正直自分は」

「何がです？」

「お母さんのことをちゃんと考えるのが」

「それはあれですか？　もしかするとお母さんから嫌われてたかもしれないとか、邪魔だと思われてたかもしれないとか――そういうことが、もし万が一にでも、わかってしまうことが、ですか？」

「ううん、そうじゃない。心逢ちゃんもそんなこと思ってないっしょ？　お母さんは確かにまあ、へんてこな人ではあったけど――」

シングルマザーで身体も強くなかった。

責任感が強く母性にみちあふれている、などということは間違ってもなかった。

頭をかきむしって怒る時もあったし、げんこつを振るう時もあった。今どきの価値観に照らせば《それは虐待です》と決めつけられてしまうような事実も、もしかするとあったのかもしれない。

だが双子にはやはり、自分たちが母に疎まれていたという実感はまったくない。衣食住に不自由せず、学校にも普通に通えて、あらゆるコンテンツを好きなように買い与えてくれて、しばしば街にも連れ出してくれた。仮に疎まれていたとしても、あるいは観測可能な事実が母親の責任不履行を証明していたとしても、詩愛と心逢にとってはくそくらえな話だった。そんなことを恐れているわけではない。

「たぶん、自分が怖いと思ってるのは」

目を閉じて眉のあたりを掻きながら、詩愛。

眉間に悩ましげなしわが寄る。

「宙ぶらりんから地に足をつけた瞬間、すべての事象が確定してしまうみたいな――錯覚、かな。そういうのを感じてるんだよ心のどっかで。それが怖いんだ自分は」

「言葉の表現が独特ですね詩愛さん。小説家で食っていけるかもしれませんよ」

「なに茶化してんの」

「茶化してませんよ。小説うんぬんはともかく、心逢も詩愛さんと同じ気持ちです。わかりますよその怖さは」

ふぁあん！　鋭くもどこか間の抜けた警笛が聞こえてくる。

眼下には山手線。雨に煙る渋谷の街を、緑色の列車がせわしなく人々を運んでは、またあわただしく去っていく。

「知ってますか詩愛さん？　お葬式で泣く仕事、があるんですって。外国には」

「へえ。なにそれ」

「お葬式に、親族でも何でもないぜんぜん関係ない人が雇われて、それはもう声の限りに号泣するんだとかなんとか。式の盛り上げ役……っていう意味もあると思いますが。それよりもなんというか、泣けない人の代わりに泣く、みたいな。そういう役目でもあるんじゃないかと」

「泣くべき時に泣いたらぜんぶ解決するの？」

「そんなわけありません。でもたぶん、何かが上手くいくんですよ。そうじゃなければ続かないですからね、そんな風習は」

「じゃあ泣いちゃってみよっか。自分らも」

「今さらですか？　それこそタイミングなくしてませんか？」

「お墓参りとか行ったら、意外と泣けるかもしれないじゃん」

「いや無理でしょう……もう五年も経ってますし。情緒不安定の人じゃないんですから」

「実を言うとさ、もしかしたら泣くのかな、って思ってたんだよ」

詩愛は十枚の絵はがきを取り出して、

「だってほらこれ。お母さんが差出人だった可能性が高くて、自分と心逢ちゃんの記憶に関わってる場所が写ってる可能性が高かったじゃん」

「ええ。確かにそうでした」

「んで、今日も二カ所を見つけて、こうやって実際の場所まで来て、お母さんのこともいろいろ思い出して。なんかもう逆にチャンスかな、とか思ってたんだけど。ここは泣いちゃうんじゃないかな、って思ってたんだけど」

「目すら潤んでませんね詩愛さん」

「心逢ちゃんも平然としてるねえ」

絵はがきを妹に渡した。

渡された絵はがきを一枚ずつ眺めながら、心逢はボヤくように、

「五年はやっぱり大きいです。時間が経ち過ぎました」

「おじさんみたいなセリフ……自分らまだそういう歳じゃないんだけど」

「歴史小説とかでありますよね。死ぬべき時に死ねなくて、死に場所を求めて戦場をさまよう武士、みたいな話。あれに近いのかもしれないですね」

「涙を流す才能がないのかな、自分らって」

「小説では普通に泣きますけどね、心逢は」

「自分も普通に泣くよ。泣ける映画とかドラマとか観れば」

会話が途切れた。

観光客らしき外国人の一行が、公園のあちこちを写真に撮りながら通り過ぎていく。

雨の渋谷。平日の夕方前。

都心の駅近だというのに、まるで田舎の片隅のようなこの時間、この場所はひとけが少なく、双子たちがここにいることを気に掛ける人も誰ひとりとしてなく、世界から取り残されたかのごとく、ただ雨に打たれるままになっている。

「わたしと心逢ちゃんって」

ぽつりと詩愛がこぼした。

「お母さんのこと嫌いだったのかな」

「そんなわけない」

心逢は首を横に振った。強く頑なに。

渋谷はなおも雨。

†

その後、双子たちは絵はがきに写った場所をもうひとつ特定した。

そこはかつて東急百貨店が建っていた土地の一角で、今はすっかり更地になり、再開発のお化粧が施されるのを待つばかりになっていた。例に漏れずここもまた、詩愛と心逢の記憶を刺激する場所だった。ひょんなことがきっかけでつかみ合いのケンカをしたことがあるのだ。

もちろん子供同士だから、せいぜいひっかき傷をこさえる程度の衝突でしかなかったが、当人たちにとっては殺し合いに近い感情のぶつかり合いだったのをうっすら覚えている。母・静流はめずらしく途方に暮れて、ひたすらおろおろしているばかりで、見かねた周囲の人たちが止めに入るまでふたりのつかみ合いは終わらなかった。今にして思えば母らしからぬ姿ではあった。

渋谷駅周辺の狭い範囲に探索の網は絞っている。いちど勢いがつくと次から次へと発見が転《まろ》び出てくる実感があった。サッカーの得点は目の詰まったケチャップのようだと言われる。出ない時はじれったいほど出ず、いったん出始めれば持て余すほど出る。

「おそらくですが」

心逢が推論を述べる。

「十枚の絵はがきの共通点は、もう見いだせていると思います。やはりこれらはお母さんが作って送ったものであり、心逢たちの思い出に関係しているものなんでしょう。場所が特定できているのはまだ四枚ですが、そう遠からず他の場所は明らかになるかと。そしておそらくですがもう、それを特定することにはあまり意味がない」

「覚えてない場所もぜったいあるよね」

詩愛も追従する。

「年代順に十年分の、自分らの誕生日に消印がつけられた絵はがきってことは、自分らがまだ赤ちゃんだったころの絵はがきもあるはずなんで。そうなったらもうお手上げだよ、覚えてない記憶は思い出しようがないもん。絵はがきと自分らを結びつける証拠をみつけるのは、ちょっと無理になると思うなァ」

「それゆえの〝意味がない〟なんです。十年分の絵はがきの場所を見つけ出す、みたいなゲーム設定になってるのに、見つけ出せないことが前提になってる場所もある、ってことになるじゃないですか。そんなゲームのテストプレイなんて、あると思います？」

心逢が身じろぎすると、ちゃぷん、とバスタブの湯がゆれる。

定宿のセルリアンタワーに戻ってきて、双子たちは一日の疲れを癒やしている。癒やしは入浴に限る。幸いにして、お高いホテルの室内浴室はツインルームにふさわしい広さを有していた。細身のふたり、向かい合って少し膝を曲げれば、一緒に入ってもスペースに差し障りはない。

「十枚の絵はがきの謎を解け、というのがこの〝ゲーム〟の始まりでした。でも正直その謎は、解くべきほどの謎を持ち合わせていなかった」

「ちょっとがんばって探せば見つかる場所だもんね」詩愛がうなずいて、「ぜんぶ渋谷の近くだし。小さい子供向けのレクリエーション程度だったら、このくらいの難易度設定でもそんなにおかしくはないけどさ」

「そこまで子供あつかいされてるわけじゃないでしょう。現金で十万円もくれて、交通費も滞在費も払ってもらって。しかもゲームは心逢たちふたり専用と言っていい仕様になっていて、テストプレイとやらに参加してるのもどうやら心逢たちだけ。これだけ情報が出そろってもなお、お題目どおりに〝ゲームのテストプレイ〟だと考えるのはさすがに無理があります。ですが逆に考えるとむしろ自然ななりゆきに思えてきます――このゲームの目的は最初からそこにはなかった、と考えるなら」

「【NAZO MAKER Inc.】についてはどう?」

「あの手この手で調べてます。証拠が掴めるかどうかは微妙なところですが、これももうある程度の推測はついていますので。それ以外にもいくつか調べをつけておきたいことはありますが――どれもこれも時間の問題か、もしくは問題の核心ではないか」

「自分らがやらなきゃいけないことは、やっぱひとつなわけだ」

「ええ。絞られてきますね」

絵はがきの差出人・白雪静流は、自分の子供たちの思い出に関係している風景の写真を、子供たちの誕生日に消印を合わせて、何者かに送っていた。受取人はなおも不明であり、都合の良い証拠がひょんなことから転がり込んでくる可能性は低そうだが……諸々の状況を踏まえると、選択肢はそう多くないはずだった。

「受取人はお母さんと関係が深い人、だよね」

「恋人。親友。……このあたりの線はちょっと薄いでしょうね」

「だったら親戚、家族、血縁者――」

「あとは配偶者」

泡をたっぷり浮かせたバスタブを双子たちは見つめる。換気扇の回る音がどこからか聞こえてくる以外はひどく遮音性の高い部屋だ。耳を澄ますと湯気が結露して水滴に変じる音まで聞こえてきそうだ。

「ところで心逢ちゃん」

バスタブのへりに置いていたスマホを詩愛は手に取った。ジップロックに入れて簡易的な防水を施してある。

「こんなアプリを見つけたんだけど」

スマホの画面を妹に示した。

「……声判別アプリ、ですか」

心逢は眉の根を寄せる。

「これを心逢に見せた、ってことは。詩愛さんも同じ疑問を持っている、ということなんでしょうね」

「どうする？　使ってみる？」

「いいえ」

心逢はすぐに首を振った。

二の腕のあたりをお湯で流す仕草をしながら、

「やめておきましょう。ルール違反とかマナー違反とか、そういうことじゃなかったとしても……少なくともこれはもう、そういうゲームじゃないんです、心逢にとっては」

「ま、そーだよね。自分も心逢ちゃんと同じ気持ち」

「理由はどうあれ、成り行きはどうあれ――」

声に力をこめる心逢。

「あの依頼人にはいいように振り回されています。ここまでずっとです。これって心逢の性に合いません。そろそろこっちに振り回す番が回ってきてもいい、と思いませんか？」

「異議なーし」

「反撃開始ですね」

「狼煙《のろし》あげろっ、狼煙あげろっ」

姉妹は拳と拳をこつんと付き合わせた。ちゃぱちゃぱちゃぱ、腕にまとわりついたお湯が流れ落ちる。

「それでですね。軽ーくぶちかましてみたいことがあるんですが――」

もとより他に人が居るはずもない浴室だが、心逢は姉にわざわざ近寄って耳打ちする。

それを聞いた詩愛は、身を引きながら声をひそめる。

「……うわー。やるのそれ？　マジで？」

「やります。こういうのは心理的優位に立った方が勝ちですし。それに相手の反応を見てみたいんですよ、何かの手がかりになるかもしれませんから。次はこっちが振り回す番だ、って話、今したばかりじゃないですか」

「立てるかなあ、そんなことで。心理的優位とやらに」

「ものは試しだし、打てる手は限られているんですから。やれることはなんでもやってみるべきです。付き合ってもらえますよね詩愛さん？」

Interlude sideS-4

身体は持ちこたえてくれた。

娘たちにとっては青天の霹靂《へきれき》だっただろうか？ なにも私が望んで喫茶店での待ち合わせをキャンセルしたわけではないが、彼女たちはそう思わなかったかもしれない。

まだゲームを続けてくれる気があるなら――私はもう十分に目的を果たしているから、続けてくれなくてもそれはそれで構わないのだが――彼女たちに少しばかりの譲歩は必要か、と思わなくもない。私は人でなしかもしれないが、それでも今日までこの世界で生きながらえてきた自負がある。社会性はちゃんと持ち合わせている。もしくは、持ち合わせているように振る舞うことができる。でなければとてもこの仕事はつとまらない。

少なくとも報酬の額面については、不満なきよう整えているつもりでいる。だからつまり、これは譲歩というより、単に私が娘たちに近づいてみたいだけの言い訳、と考えられるのかもしれない。深淵を覗く危うさについて警鐘を鳴らしたのはニーチェだが、好奇心に殺されるなら上等だ、と考えてしまうのは、もしかして社会性に欠ける発想なのだろうか？ まあ今さらな話か。

明日、娘たちは待ち合わせの喫茶店にやってくるだろうか？　その時の私はどんな気持ちになるのだろう。未練を残すのか、あるいは逆に清々しい心持ちにでもなるのか。
やってこなければセッションはそこで終わりになる。その時の私はどんな気持ちになる
あるいは――何も感じないのだろうか。妹が死んだ時のように。

私は私の心の動きをつぶさに観察する。

観察したところでよくわからない。物事を見る目は持っているつもりでいるが、自分の心の動きこそがもっとも掴みづらいという皮肉に、私は甘んじなければならない。

薬漬けのまなざしで眺める病室は、豪華で清潔で無機質。ほこりひとつ落ちてない床の薄い模様が、まるで見渡す限りの荒野でひとり立つようにどこまでも見渡せる。心は曇っていても眼はまだ生きている。我が身に起きることは一瞬でも逃さないよう。まばたきひとつを千金のごとく、あるいは生まれたての雛のように――。


……薬が正しく効いたようで、気づくともう昼になっていた。

彼女たちは待ち合わせの喫茶店にやってくるだろうか？

マネージャーに手伝ってもらいながら、トレンチコートを着込んでいく。

マスクにサングラスにフェルト帽。謎の依頼人の姿に身を包んだ私は、四苦八苦しながら身体をハイヤーに押し込んで、いつもの喫茶店に向かう。

Day6（Day time）

「取引をしませんか」

席に着くなり心逢が提案した。

先に着席していた依頼人がおうむ返しで口にする。マスク越しの声は相も変わらず聞き取りづらい。「取引というのは？」

「取引」

背すじを伸ばして心逢は真っ直ぐ依頼人を見つめる。

「ルールの変更を要求します」

やはりおうむ返しに依頼人が訊いてくるところへ、

「ルールの変更とは？」

「自分ら、これからルールを破らせてもらうっす」

今度は詩愛が言った。

依頼人が無言であごを撫でる。

喫茶店のスタッフがオーダーを取りにきた。

詩愛がクリームソーダを、心逢がカフェオレを頼んで、スタッフが少々お待ちくださいと頭を下げてきびすを返す。客の入りは四割。ＢＧＭはナット・キング・コール。店内にはコーヒー豆を焙煎する甘くて香ばしい香り。

「何か考えがあるようだ」

依頼人が目配せするような仕草をした。もう六日間の付き合いだ。サングラス越しでも動きのクセはわかる。

「聞かせてもらえるかな？　ルールを破る、ルールを変更する。どんな意図があるんだい？」

「《ルールその四。〝私の正体を詮索しないこと〟。それがこの依頼の前提条件だ》」

心逢が言った。

依頼人の低くてくぐもった声を真似している。あまり似てはいない。

「最初に会った時、あなたはそう言いましたよね依頼人さん。間違いありませんか？」

「一言一句、間違いなく」

依頼人が肯定する。「それが何か？」

「矛盾しています」と心逢。「【NAZO MAKER Inc.】を名乗るあなたはこの謎解きゲームを始めるにあたって、四つのルールを提示しました。一つ、主導権はあなたにある。二つ、あなたの発言をどう解釈するかは心逢たち次第。三つ、依頼を受けるも受けないも心逢たち次第。……ここまではまあ、わかります。でも四つ目のルールはおかしい」

〝私の正体を詮索しないこと〟

「最初は何がおかしいのかわかりませんでした。ですが依頼を進めていくうちにハッキリしてきました」

「何がハッキリしたのかな?」

「依頼それ自体の矛盾がです。四つのルールのもとに《十枚の絵はがきの謎を解く》という話でしたが――」

心逢が目配せして、詩愛が十枚の絵はがきをテーブルに並べる。

心逢が依頼人を真っ直ぐ見据える。

「うちの母がこれらの絵はがきを作って誰かに送った、そこまでは断言していいでしょう。偶然と考えるには無理がありますからね、絵はがきに写っている場所と、心逢たちの思い出が紐付いていることは」

「うむ。それで?」

「それにもうひとつ。依頼人さん、あなたは心逢たちに関わりすぎている。ペナルティを取り立てるという建前で話を聞いたのも――あれこれもっともらしい理由はつけていましたけど――心逢にも詩愛さんにも縁もゆかりもない人の要求としては、やっぱり変です。他の可能性が考えられないとまでは言いませんが、やはりこう考えるのが自然でしょう。依頼人さん、あなたが絵はがきの受取人で、あなたはうちの母に縁がある人です。そして絵はがきの謎を解くことは、依頼人であるあなたの正体を詮索する行為に等しい。これは明らかな矛盾です」

ふう、とひといきついて、心逢はグラスの水をひとくち飲んだ。

そんな妹をやや心配げな様子で、横目で盗み見ている詩愛。依頼人は彫像のように身じろぎひとつしない。

「それにまだあります。そもそもルールの方が間違っていると考える根拠が」

「というと？」

「依頼人さん、あなたはこうも言ってましたよね？《世のゲーム全般にはフラグという概念があってね。一定の条件を満たせば発動する、そんな展開も用意されていないわけじゃない》――って」

「一言一句、間違いない。君たちは記憶力がいいんだな」

「思えばほとんど事の初めから、チャンスは示されていたわけです。その意味では確かにこのゲームは公平でした。四つのルールに矛盾する謎解き。〝設定されたルールを、論理に裏付けられた確信をもって破ること〟――それがフラグを成立させる鍵であると判断します。心逢たちはこれからあなたの正体を全力で詮索します。もしもこの行為がゲームのルール違反に当たるのであればゲームは心逢たちの負けです。大人しく両手を挙げてすごすごと田舎に帰ります。まあ十万円もらってタダで豪遊させてもらっていますから、もう十分に得はしてるんですが……それでもゲームをクリアできなかったとなれば、明らかに画竜点睛《がりょうてんせい》を欠きます。もしもそうなってしまったら、心逢たちは地団駄を踏んで悔しがるでしょうね」

ふう、とまたひといきついて、心逢は水を口にする。

目の前に時限爆弾があって、赤と青の電線が一本ずつあって、どちらを切れば爆発を止められるかはもう判明しているのに、それでも決断をためらってしまう――あたかもそんな様子にみえる。

詩愛は、妹と依頼人のやり取りを固唾をのんで見守っている。お待たせしましたー、とスタッフがクリームソーダとカフェオレを運んでくる。

「すばらしい」

スタッフが立ち去るのを待ってから、依頼人が二度、三度、と手を叩いた。

「正解だよ。君たちが背負ったリスクは正しく報われた」

依頼人はしきりにうなずいている。心底から本当に感心している、といった風情で。

「確かに私が提示したルールはゲームの内容に矛盾する。君たちはヒントをていねいに拾い上げ、検証し、構造の本質を見抜いた。年齢に見合わぬクレバーさだ。賞賛に値する」

また手を叩いた。黒手袋に包まれた掌を合わせて、二度、三度。

「……なんか子供あつかいしてないっすか？」

詩愛が白い目を向ける。

「前から思ってたっすけど。いけすかない人っすよね、依頼人さんって」

「謎の依頼人だからね私は」ぬけぬけと返答される。「親切で紳士的な振る舞いで接していたら、それこそ立場がないさ」

双子は鼻白んだ。同じタイミング、同じ顔で。

依頼人は「さて」と大儀そうに身をよじらせて、

「君たちには新たな視界が開けた。足かせになっていたルールを自らの知恵で取り除いて、ゲームの本当の解答へ至るまでの道すじが見通せるようになった。十枚の絵はがきに秘められた謎――もう明示されている条件だからはっきり言おう。君たちをこのセッションに招いた私の正体は、いったい何者なのか」

芝居がかった仕草で、黒手袋の指が一本、立てられる。

「どんなアプローチを試みる？　選択肢はいろいろ考えられるね。なにせゲームのルールが変わったんだ。物語は急展開を迎えた、と言っていい。小説を書いている心逢くんからすれば、格好の思考実験かもしれないな」

「ホントいけすかないっすね」

苦々しげに顔をそむけて詩愛がぼそっと呟く。

心逢が声を張る。

「じつは調べたんです、心逢たちのできる範囲で」

「何をだい？」

「【NAZO MAKER Inc.】のことをです。今回のゲームの主催者――であるはずの会社について」

「それは私の正体を詮索することにあたりそうだが」

「もうルールは変わってるんですから時効ということで。そもそも調べに手をつけたのは、ルールの矛盾に気づいた後のことですから。それに昨日はあなたの都合でこの喫茶店での待ち合わせがキャンセルになっています」

「それを言われると弱いな。……続けてくれ」

「【NAZO MAKER Inc.】は実在する法人です。某大手の出版社の子会社で、アナログゲームの企画制作やリアル脱出ゲームの運営などを手がけています。歴史の長い会社ではありませんが、実績は十分にある。公式サイトには【NAZO MAKER Inc.】の作品紹介がずらりと並んでいますし、直営サイトで購入できるゲームもありました。その点は疑いようがありません」

心逢はカフェオレをストローで混ぜながら、

「心逢たちは【NAZO MAKER Inc.】に問い合わせました。今回の謎解きゲームとあなたという依頼人について」

「どんな返答が？」

と依頼人。

「お答えできません、と」

心逢は上目づかいに依頼人を見る。

「『うちの会社はそんな話知りませんね、無関係です』――だったら話は簡単だったんですけどね。『お答えできません』という返答は、むしろあなたと【NAZO MAKER Inc.】

が関係していることとの証明かと思います。ですがそれもやっぱり妙な話です」

「なぜそう思う？」

「心逢たちがゲームのテストプレイヤーに選ばれたら、《謎の依頼人》の身元を確かめるのは当然の流れじゃないですか。ゲームのルールがあるからお答えできないんです、なんて理屈は通じません。そもそも問い合わせたのが心逢たちのおばあさまだったらどうなっていたんでしょう？　モニターに選ばれた心逢たちの保護者が正式な手続きを踏んで、あなたのことを確認しようとしたら？　さすがにお答えできません、では済まなかったはずです。そんなあやしい企画に孫たちを参加させるなんて論外、強制的に田舎に連れ戻されていたんじゃないでしょうか」

しかもおばあさまは元・弁護士ですからね、と付け加えてから、

「そもそもうちのおばあさまが今回のことに許可を出した、という点も無視できません。――ですがこの点についてはまだ不確定要素が多すぎますので、今は触れません。話を戻します。あなたは【NAZO MAKER Inc.】の関係者、ないしは何かしらの影響力を持つ人である可能性が高い。ただし、今回の謎解きゲームが【NAZO MAKER Inc.】の正式な企画であるとは限らない。それこそ多すぎるんです、不確定要素が。綿密に練られた企画だとはとても思えない。どう転ぶかわからないことに頼り過ぎている。だいたい効率が悪すぎませんか、これが何かのゲームのテストプレイだったとして。【さようなら、私の可愛くない双子たち】でしたっけ？　仮に双子だから心逢たちが選ばれたんだとして、他にい

くらでも双子の人はいるでしょう。というかテストプレイなら心逢たち以外にもプレイしてる人がいてもいいはずじゃないですか、ちゃんとした会社がちゃんと作ってるゲームだったらなおさら。何もかもがおかしいんです、今の状況は」

一気に言い切って、心逢はまた水をひとくち飲む。

詩愛はそわそわした様子を見せている。

「ご高説、うけたまわった」

依頼人がテーブルに肘をつけて身を乗り出す。

「さてそれで？　最終的な結論は出たのだろうか？　解答する権利は一度だけ、と私は言った。これはブラフでもフラグでもないんだが――」

「まだっす。出てないっす結論は」

詩愛が手を挙げた。

「確実に選択肢は狭くなってきてると思うっすけど。でも一発勝負ができるような状態には、まだなってないっす。でも仕方なくないっすか？　こっちだって条件は限られてんすから。ない知恵を絞ってどうにか答えを考えてることは理解してもらいたいっすね」

「もちろんだとも」

依頼人は太鼓判を押す。

「猶予はいくらでもある、とは言えないが。今すぐこの場でゲームの終了を宣言することはない。私とてここまできたら、君たちがどんな答えにたどり着くのか確かめてみたいからね。……とはいえだ。うかうかしているといつの間にか時間切れ、という事態になっているかもしれないことは、頭の片隅に入れておいてもらいたいな」

「そこで提案なんすけどぉ～」

詩愛はにやけ顔をした。

にやけ顔というより、それは媚び顔に近かった。プライドが許すなら揉み手でも土下座でもする、と言わんばかりだった。そのうえお世辞にも、媚び方が上手だとは評価できそうにない。

「ほら、ルールが変わったじゃないっすか。依頼人さんの詮索は禁止、ってやつ。あれ、なくなったじゃないすか」

「うむ。なくなったね」

「てことは、たとえばっすよ？　ここにいる三人、もうちょっと仲良くなった方がいいと思わないっすか？　だってもう何日も顔を合わせて、何回も会話してて。それで顔も名前もまだ知らないって、おかしくないすか？　たとえば一緒にご飯食べたりとかぁ、お茶したりとかぁ……普通はそんなことしながら親睦？　を深めてくもんじゃないすか？　だってこれゲームなんすよね？　デスゲームとかじゃないすよね？　だったらほら……ね？　そういうのもアリ寄りのアリなんじゃないすかね？　ね？」

「なりふり構わずだねえ」

「こっちは打つ手がないんすよっ！」

依頼人の呆れ声に、詩愛が拳を振り上げて――テーブルに振り下ろそうとして、すんでのところで思いとどまり、行き場のなくなった手をわちゃわちゃさせる。

「あーもー！　情報が足りないんすよ情報が！　こっちは世間のことろくにわかりもしない中学生なんすから！　そのくらいは手加減していいと思うんすけどねえ！」

まなじりを吊り上げて、可視化できそうなくらい鼻息が荒い。ただし怒り散らかしてはいるものの、憤激の仕方に妙な愛嬌がある。「詩愛さん。声、大きいですよ」とたしなめつつ心逢が取りなしに入る。

「言い方はともかくとして。心逢も詩愛さんの意見に賛成です。というかですね、実はもう少し具体的な提案がありまして」

「ほう」

「絵はがきの写真の場所、一緒に行ってみませんか？」

店内の厨房の方から食器を洗う音が聞こえてくる。ぴぴぴっ、ぴぴぴっ、という、何かの時間を計るタイマーの音も。

今日はひとり客が多い。皆、黙々とコーヒーカップに口をつけたり、小説を読んだり、サンドイッチを口に運んだり。

心逢がさらに言う。

「というか聞いてもらえませんか？　心逢たちとお母さんの話。もう聞いてもらってる話もありますけど……絵はがきの場所で、もっとたくさん。具体的にいろいろと」

「なぜそうしようと？」

「なぜ、と聞かれる方が心外ですよ。仮にあなたが謎解きゲームのゲームマスターだとして、心逢たちの反応を見るのが仕事だとして。実際の姿を確かめるのが自然じゃないですか？　現場百遍は探偵の大原則でしょう？」

心逢は小首をかしげる。

芝居くさくもみえるし、本心からの言葉のようにもみえる、そんな仕草。

「それとこれは先の話になりますが。このゲームが無事にクリアできたとして――バッドエンドかグッドエンドかはわかりませんけど――打ち上げぐらいは、あってもいいはずですよね？　こんな何日もかけて、お金もたくさん使ってるイベントなわけですから。言ってみればこの提案は、その時のためのデモンストレーションみたいなものです。微妙に仲の良くない人、なんならまったく正体不明の不審人物、が相手だと、ゲームが終わった後が大変じゃないですか。微妙な空気のまま二度と顔を合わせない、みたいなことになるのって、あんまり望ましいことではないと思うんです。れっきとしたゲーム会社が主催する、ふたりだけしか参加してないゲームに《いいね！》がつかないのって……ものすごく損してますもんね。これが本当にテストプレイをしているゲームなら」

「なるほど。メタ的な発想、搦め手の攻め筋、というわけか」

依頼人が両腕を組む。

「一理ある意見だと認めよう。私が断固として提案を拒否するなら、それもまたヒントになり得るだろうしね。君たちにとって損のない提案であり、問いかけでもあるわけか」

「質問をするのは自由、でしたよね？」

「答えるかどうかは別だがね。とはいえ――」

言葉が途切れた。

依頼人は身じろぎひとつしない。沈思黙考といった体だが、こうして動きが止まると、大仰な演出のファッションスタイルともあいまって、血の通わないマネキンでも相手にしているかのような錯覚に陥る。

「いいだろう」

結構な無言の時間が流れてから、依頼人はようやくレスポンスを返した。

「君たちに付き合おう。絵はがきの場所の現地に行く。聞ける話があればそこで聞こう。今日これから始めるのかな？」

「わ」

「言ってみるもんすねえ」

双子は顔を見合わせた。

企みの成功を喜んでいるというよりは、思わぬ拾いものをして戸惑っている風情。

ただし条件がある、と依頼人は付け加えた。出発まで少し時間をもらう。ハイヤーでの移動を主とする。マネージャーを同行させる。……詩愛と心逢にとってリスクのない条件だった。というよりありがたい申し出ですらあった。本日は昨日と打って変わって地獄のような晴天である。エアコンの効いた車に乗せてもらえるならそっちの方がいいに決まっている。ハイヤーに乗ったが最後、そのまま人身売買オークションの会場へ——などという事件は、この期に及んではもうあるまい。

「準備があるのでいったん失礼するよ」

依頼人が伝票を取り上げる。

「待ち合わせ場所をあとで連絡する。ハイヤーで向かうからそこで落ち合おう。ところで君たち——」

詩愛と心逢、それぞれに視線を向ける。

「今日は入れ替わったままで一日を過ごすのかな？」

双子たちは息を呑んだ。

クリームソーダの氷が溶けて、からん、と音を立てる。

姉妹はそろって天を仰ぎ、そろってため息をつき、そろってハンズアップした。

「……いやあ。なんでバレるっすかねえ」

心逢が——否、心逢の姿をしていた詩愛がぼやいた。

「おかしいですね……ホテルの人たちは誰も気づかなかったんですが」

詩愛が——否、詩愛の姿をしていた心逢もぼやいた。

「心逢たちって何日も泊まってるじゃないですか。スタッフの人たちが、けっこう顔を覚えてくれてるんですよ。双子の美少女ってやっぱりめずらしいですからね。受付の人とかラウンジの人とか……ちゃんとそういう人たちに見てもらって、それこそテストプレイもちゃんとしてきたのに」

「目をまん丸にしてくれてたっすけどね」

詩愛も同調する。

「『似ていらっしゃると思っていましたが、ここまでとは』――みたいな。あとみなさんけっこうノリが良くて、わりと喜んでくれたっすね。自分らのとっておきな一発芸なんで、ウケたのはうれしかったんすけどねえ」

「あー疲れました」心逢がしんどそうに肩を揉む。「子供のころはもっと簡単だったのに、この歳になるとやっぱ無理がありますか。チューニングを合わせるのが大変で大変で」

「いや。とても堂に入っていたよ」

依頼人は大きく首を縦に振る。

「大変すばらしかった。仕草もしゃべり方も――本当に、本当に、よく似せていた。あやうくだまされるところだった」

「それにしてはリアクションが薄いっすね」

「こっちは本気でだまそうとしてたんですけど」

「どうも信用がないな。もっと大げさに驚いてみせた方がよかったかい？」

双子は首を横に振り、「それはそれで嫌」と異口同音に言った。

悔しいのは本心だった。長年のブランクはあったものの《白雪姉妹の入れ替わり》といえば、見物料を取れるほどの完成度があったのだ。友人やクラスメイトはもちろん、祖母も見抜けないほどの擬態を、詩愛も心逢もこなすことができた。母である白雪静流ですら、時として見分けられないことがあったほどである。

「がんばったんすよお、これでも！」

本物の詩愛が頭をかきむしった。

「自分らの年齢を考えてもらえないっすかね？　もういい歳なんすよ自分らも。これでちゃんとキャラ変できるって、すごいことだと思わないっすか？」

「思うとも」依頼人は泰然と「さっきからそう言っている」。

「でもきっちり見抜いたじゃないですか」

本物の心逢が噛みつくように、

「わりとショックなんですよ心逢たち。自信はけっこう、いえ、めちゃくちゃあったので。そして何も気づかないあなたを心の中であざ笑いながら、今日一日は優越感にひたって過ごすつもりでいたのに」

「なかなかいい趣味をしているね君は」

「後学のために聞かせてください。じゃないと気が済みません」

「何をかな？」

「いつ気づいたんですか？　もしくは何がきっかけで気づいたんですか？」

「詩愛くんの怒りかた。それと心逢くんの説明のしかた」

依頼人は天井を見上げて、

「……ややこしいな。詩愛くんに化けた心逢くんの怒りかたと、心逢くんに化けた詩愛くんの説明のしかた、だね。いや、これでもまだややこしいが、まあいい。詩愛くんの怒りかたは、私の解釈では詩愛くんらしくなかった」

次いで心逢の方を見て、

「詩愛くんはぶっきらぼうでざっくばらんな物言いをするタイプだが、周りをよく見てほどよくフォローを入れているイメージがある。立場どおりにお姉さんをしているんだろうね。ひるがえって詩愛くんに化けた心逢くんの物言いはいかにも短気だったし、そのくせ不思議と癇《かん》に障らないところがあった。これは私の解釈と一致しない」

さらに詩愛の方を見て、

「心逢くんは小説を読み書きしている影響もあるんだろうが、物事を言語化する能力に長けている。しゃべりかたは立て板に水のごとくだし、言葉づかいにリズムがあって耳に心地よい。ひるがえって心逢くんに化けた詩愛くんの話しっぷりは、いささかたどたどしいところが見受けられた。論理立てて複雑な事柄を説明するのに苦労している印象があった、とも言えるかもね。これまた私の解釈と一致しない」

詩愛と心逢に、依頼人は交互に顔を向ける。

「他にも細かい点はいくつかあるが。概ねそんなところだよ、君たちが入れ替わっていると判断した理由は」

「ははあ。なるほど」

思わず、といった体で詩愛は感心した。

一方の心逢は目を狐のように細くしてこう言った。

「うそつき」

「何が？」

「『君たちは記憶力がいいんだな』って言ってましたよ、あなたさっき。『心逢くんは記憶力がいいんだな』とは言いませんでした。ということはもう、あの時には見抜いていたんじゃないですか？」

「おや」

依頼人は肩をすくめた。

「本当に記憶力がいいんだな君は」

「……子供あつかいっぽい言い方、やめてもらえます？」

ふふ、と依頼人は笑いを漏らした。

そして憤慨した心逢が顔を赤くする前にこう言った。

「ひとつ腑《ふ》に落ちたよ。君たちが言葉づかいにそれぞれ癖をつけている理由。自分たちでも区別がつかなくなるんだろう？　お互いがそっくりすぎて」

東京に来てからこちら、双子は何度この仕草をさせられたことか――詩愛と心逢は顔を見合わせた。『なぜそれがわかったのか』と書いてある顔だ。

「この世の双子があまねく皆そうだ、ということはないだろうが。同じ姿で同じ仕草で同じしゃべり方をしていると混ざってしまうんだろうさ。まるで鏡に向かって話しかけているような気分になるだろうからね。それでいつしか君たちは、どちらから言い出すともなく、趣味や嗜好も別々に分かれていった。いや分けていった。――ちがうかい？――ちがわない。

依頼人の指摘は的を射ていた。いつの頃かは定かでないが、おそらくは母の白雪静流が世を去り、祖母の家で世話になり始めた時期を境に。まさにどちらから言い出すともなく、それぞれの〝個〟を獲得していったのだ。

「双子に関しては眉唾なものも含めて、いろいろな研究が世にはある。興味があったら調べてみるといい」

依頼人は自らの推理を誇る様子もなく、手に取った伝票を持って立ち上がった。

「ではまた後ほど」

ゆっくりとした動作で依頼人が喫茶店のドアを開け、からんころんとベルが鳴る。

依頼人の姿がドアの向こうに消えた。

詩愛と心逢がにたりと笑ったのは、この瞬間である。

「……おやおやおや～？」

両腕を組んで詩愛がふんぞり返る。

「ずいぶんと分析力が高めな人っすねえ。まるで自分と心逢ちゃんのことをよく知ってるかのような口ぶりにも聞こえるっすねえ。血縁とか親戚関係にあたる人じゃないと無理じゃないかなー、ってぐらいの」

「いつまでもマウント取っていられると思ったら大間違いです」

心逢はテーブルに両肘を突いてあごを手の甲に乗せ、好戦的に白い歯を剥く。

「こちらの誘いに乗ってよぉーくしゃべってくれました。ありがたくもいろんなヒントをいただきましたよ」

「これからが勝負だね」

「ええ。あの依頼人を丸裸にしてやりましょう。言葉どおりの意味で」

意気軒昂なふたりだった。

が、ふいに声を潜めてささやき合う。

「それにしてもあの人。やっぱ油断ならなくない？」

「同意です。まるで探偵ですね。いくら誘いを掛けたのはこっちだったとはいえ……思惑があれだけ見透かされると寒気がします」

「自分らの計画、もしかしてぜんぶバレてたりしないよね？」

「まさか。超能力者でもない限り無理ですよ、そこまで読み切るのは」

「でも自分らが入れ替わってること、見抜いてたし」

「そこは正直おどろきました。種明かしはこっちでやるつもりだったのに。……詩愛さん、別に手は抜いてなかったですよね？」

「抜いてない。ガチで心逢ちゃんになったつもりだった。というか指摘された今でもどこが悪かったのかよくわかってないっていう……そんなに下手だったっけ？　自分のしゃべり方」

「いえ全然。百点満点とまではいわずとも、ほとんど完璧でしたよ。心逢だって、そこまで自分のクセは出さなかったつもりなんですけど、ねえ……」

†

マネージャーだと紹介されたのは二十代後半とみえる女性で、万事に慎ましくて物静かで気配が薄い人だった。軽い会釈だけして、あとはほどよく距離を取って何も言わずにたたずんでいる。ぼんやりしているのかと言われればそうではなく、いつでも主の手助けができるよう、自然に気構えをしているのが見て取れた。マネージャーというより秘書、あるいは執事みたいだ、という印象を双子たちは抱いた。

ハイヤーに乗り込んで渋谷を走る。ベンツやロールスロイスではないが、十分に値段が張りそうで乗り心地の良い車だった。

宮益坂下の交差点の脇にハイヤーを停めて、双子たちはあらためていろいろな話をした。絵はがきの写真と現在の渋谷駅を見比べながら、母・静流とのエピソードと、ついでに思い出したあれこれの話を。職務に忠実であるらしいハイヤーの運転手は紳士的な無関心を貫き、マネージャーの女性も一度たりと口を挟まなかった。

次いで渋谷ストリームに向かった。ハイヤーを降りて八幡橋を渡り、眼下の渋谷川を見下ろしながらいろいろな話をした。依頼人は時おりうなずきつつ、双子たちが代わる代わるにせわしなく語るエピソードを、丁寧に聞いた。マネージャーは依頼人の半歩うしろに寄り添い、つとめて存在感を消していた。炎天下でも相変わらず依頼人はトレンチコートにマスクとサングラスで、通りかかる人たちの注目を集めていた。ただし大都会らしく、誰もがちらりと視線を向けるだけですぐに歩き去って行く。何かのイベントだとでも思ってくれたのかもしれない。考えてみればなるほど、この街はハロウィンの本場でもあった。あまりにも季節外れではあったが。

宮下公園。近代的デザインのビルディングに生まれ変わった建物の最上階へ。この日はキッチンカーが営業中だったので、サンドイッチとドリンクを注文した。ビーチバレーのコートも利用者がいた。砂を蹴立て、歓声をあげながらビーチバレーを楽しむ利用者たちを眺めながら、母のフットサルがいかに下手くそで、そもそも運動神経がどれほどあやしかったかについて、双子は熱弁した。依頼人は適度に相づちを打ちながら話を聞いた。

東急百貨店の跡地にハイヤーを回し、だだっ広い更地をひとしきり眺めて「西武の方にもちょいちょい行ってたんすよね」「ついでだから寄ってみます？」と双子たちが提案したのに従って、西武にも立ち寄った。そこで偶然が起きた。絵はがきの写真の場所が見つかったのだ。かつて百貨店内にテナントとして入っていたレストランの写真だった。確かにそのレストランは、エビフライをめぐって詩愛と心逢と静流が骨肉相食《あいは》む争いを繰り広げた場所であった。詩愛と心逢は、母がいかに大人げないところがあったかについて声を大にして主張し、依頼人はその話を笑って聞いた。

TSUTAYAに、QUATTROに、タワレコに、かき氷の店に立ち寄った。双子たちはよく語り、依頼人は適度に合いの手を入れた。

瞬く間に時間が過ぎ、夏の太陽がビル群の向こうに沈んでいく。西の空はあかね色に染まり、東の空が群青に埋もれていく。ハイヤーはセルリアンタワーの車寄せに向かっている。渋滞の玉川通りをゆるゆると進む車内で、双子たちは言葉少なだった。時おり目配せを交わし合っている。運転手席うしろの後部座席に座る依頼人は、眠っているかのようにシートに背を預けて身動きをしない。

「門限だよ子供たち」

ホテルのエントランスにハイヤーが横付けされるのを待って、依頼人がうながした。

「疲れているだろうからゆっくり休むといい。まだゲームを続ける意思があるなら、いつもの時間に例の喫茶店で」

運転手が後部座席のドアを開けてくれる。

双子たちは車を降りようとしない。

依頼人が再度うながす。

「今日は少し疲れた。私も長めに休みを取ろう」

それでも双子たちは動こうとしない。心逢が肘で詩愛をつついた。「うぇ、自分かも？」「姉の出番ですここは」「都合いいなあ、もう……」

詩愛は、左と右の人差し指をくるくる回しながら切り出した。

「えーっと、っすねえ依頼人さん」

「何かな」

「お疲れのところアレなんすけどぉ。いやむしろ疲れたってことなら都合がいいかもなーっていう、ハッピーな提案があるんすけどぉ……」

「提案か」

依頼人はひと息いれて、

「君たちの提案をずいぶんと聞き入れてきたように思うんだが」

皮肉るような語調だった。そのくせ拒絶の空気はない。

勢いを得て詩愛は切り出した。

「お泊まり会しないっすかっ？」

助手席に座っているマネージャーが振り向いた。

なかなか降りようとしない乗客たちの成り行きを運転手が怪訝《けげん》そうに、待ちぼうけを食っているホテルのドアマンたちが落ち着きなさそうに、それぞれ見守っている。

「お泊まり会とは？」

「そのままの意味っす。自分と心逢ちゃんと依頼人さん。三人でお泊まり会できないかな、って。このホテルの自分らの部屋で」

「親睦会ですよ、親睦会」

心逢が加勢に入った。

「今日一日はいわばレクリエーションだったわけですが。レクリエーションにはつきものの行事がありますよね？　そう、それは打ち上げです。これをやらないと一日の締めが終わりません」

「そういうものかな」

「そういうものです。私たちはゲームのプレイヤーとゲームの主催者なんですから。しかも最近はずっと顔を合わせてるんですから。そのくらい普通じゃないですか」

「普通かな」

「普通です」

心逢は言い切った。

依頼人は何を考えているのか、黒手袋に包まれた指で自分の膝をとんとん叩いている。

双子の提案に様々な意味合いが含まれていることを、このくせ者が察していないはずはなかった。そして結果としてだが、双子たちは最良のタイミングで話を切り出した。ホテルの車寄せには一台、また一台と、後続の車が詰めてくる。いつクラクションを鳴らされてもおかしくない状況で、ドアマンたちがちらり、ちらりと視線を向けてくる。

「少し時間をもらおう」

ややあって依頼人は言った。

「いろいろ準備が必要なのでね。ここでいったん君たちを降ろして、あとで君たちの部屋にお邪魔する。それで納得してもらえるかな」

Interlude sideM-4

時間は誰の人生にも等しく流れる。私も姉も歳を取る。

幼年期を経て少女になり、少し大人になって、やがて少女とは呼べない年齢になった。

選ばれし天賦は持ち得なかったにしても、姉にはやはり十分な才能があり、そして彼女は早熟な人でもあった。小学生のころから創作意欲に富み、中学生のころには小説や音楽を気ままに生み連ね、高校生のころには漫画や映画の脚本にも関わり始め、大学生のころにはちょっとした劇団まで立ち上げた。それらの創作遍歴と並んで、彼女は恋多き女性でもあった。冬に恋の花を咲かせ、春には実り、夏を迎える前に腐り落ちる、そして秋にはまた別の花が咲く。そして後から話を聞けば、じつは初夏の頃には同時並行で二毛作の恋を耕していた――といった塩梅で。姉は人生の階段を一足飛びに駆け上がっていく人だった。そんな彼女のいわば視座、とでもいうべきものを、周囲の人間は誰も共有できなかった。友人も、恋人も、教師や先輩も――母ですらも、双子の妹である私でさえも。

一方の私はある意味の天賦を持ち合わせていた。何をどう転んでも平々凡々と生きていく天賦だ。何につけても華々しい姉とは対照的に、私は陰日向に咲く名もない花のような人生を送った。普通に学校に通い、普通に友達を作り、普通に勉強して、普通にサークルに入って、普通に遊んで、普通にアルバイトして、普通に恋人ができて、普通の手順を踏んで交際を進めていった。私はたくさんの小説や漫画や映画を知っているし、ふと手すさびに思いつきのアイデアをメモに書き留めることもあったが、そんな私から見ても私という人間の物語は、異様なくらい普通だった。

「姉さんはすごいね」と私は感嘆するばかりだった。「そんな普通じゃない人生を送れるなんて」

「すごいのはあんたの方」姉もまたしきりに感嘆したものだ。「それだけの才能を持ってるのに普通の人生を送れるなんてさ」

皮肉でもなんでもなく、私たちは本気でそう思い合っていた。私たちは自分たちにふさわしい人生を歩みながら、相変わらずお互いがお互いをうらやんでいるという、少しばかりいびつな状態にあった。

……さてここからは公正を期すために、客観的な事実だけを述べることとする。自らの過ちに未練を垂れ流しそうになるのを防ぐ意味合いもあるが、振り返ってみると我ながら奇跡的に珍妙な成り行きを経て、私は私の罪を犯すことになったからだ。

私は身ごもった。お腹に宿った小さな命は双子の姉妹だった。だけど私は子供を産めなかった。なんてことのないごくありきたりな、原因の特定できない流産だった。また残念なことに私には男を見る目がなかった。妊娠を伝えた際の態度から予想はできていたが、恋人は流産を機に姿をくらました。私は平凡な感性と行動原理に左右される人間だ。恋人の失踪は、流産で傷ついた私の心に追い打ちをかけた。無事には終われない妊娠も恋人の裏切りも普通のこと、と頭ではわかっていても身体がついてゆけなかった。さらには流産の影響から子供の産めない身体になったことが最後の一押しになった。私は日に日に精神を、そして身体を病ませていった。

一方そのころ、姉も同じ時期に妊娠していた。

そして姉が身ごもったのも双子の姉妹だった。

Day6 (Night time)

事前の予想では、成功の確率はせいぜい数割、と踏んでいた。

「やばいやばい！　部屋めっちゃ汚い！」

「詩愛さんが悪いんですよ掃除しないから！」

「やっぱお掃除の人に入ってもらえばよかったんだよ！　心逢ちゃんが他人は部屋に入れたくない、とか言うから！」

つまり双子たちは、思惑どおりに事が進んだ場合の備えを、ほとんどしていなかった。

脱ぎ散らかした服、食べ残したままのスナック菓子、使い終えたままのタオル――一見してずぼらだとバレてしまう部屋の様相を、まずは何とかしなければならなかった。

それを終えたらもてなしの用意もしなければならない。近くのコンビニまでひとっ走りするか、ホテルのルームサービスを使うか、そこでもちょっとした口論になり、結局はどちらの案も採用し、詩愛も心逢もあわてて部屋を飛び出すことになった。

もし依頼人が『少し時間をもらおう』と言わなかったら危ないところだった。詩愛も心逢も、年ごろの女子である。やりたい放題にやらかしている高級ホテルの部屋のありさまを目の当たりにした依頼人に呆れられるのは、謎解きゲームに四苦八苦している姿をさらすより何倍も耐えがたいことだった。

　急ごしらえでもてなしの準備を終えて、ホッと一息つき、ふたりはかしこまった様子でソファーに並んで座りながら、依頼人の到着を待った。

　あんなこと言って実は来ない、というオチだったらどうするんですか――という心配は杞憂に終わった。短くない時間は待たされたものの、依頼人は約束どおりにやってきた。ちょっとした旅行用バッグとおぼしきカバンを手にしたマネージャーも引き連れている。

「お邪魔するよ」

「はい、はい。どうぞどうぞ」

「あ、こちらにおかけください。粗茶などいかがでしょうか？」

　旅先のホテルで、ほとんど素性も知れない客をもてなした経験など、詩愛にも心逢にもあるはずがない。そんな必要はないとわかっていても、動きも言葉も硬くなってしまう。

　テーブルの上にはスナック菓子、弁当、ピザ、パスタ、ジュースとミネラルウォーターのペットボトル。ひと目で無計画とわかる、あわてて用意した編成のラインナップだったが、依頼人はその点には触れず、

「たくさん用意したね」

「すいませんっす。何を用意したらいいかわかんなくて」

「思いつくものをありったけ用意しました」

「心づかいに感謝しよう。ただすまないが、食欲はあまりないんだ。少しだけいただくよ。

君たちは遠慮なく食べていい」

「うい。そこはもう」

「食べ物は残しません。ダイエットは夏休みが終わるまでには終わらせます。たとえ残しても冷蔵庫に入れます」

何かあったらすぐに呼んでください、と言い残して、マネージャーは部屋を辞した。

依頼人はソファーに腰掛けた。飲み物を注ごうとする心逢を「いや結構」と手で制し、

「今日はこれにしよう」

ポケットから小さな金属製の容器を取り出した。

詩愛も心逢も現物を見るのは初めてだ。いわゆるスキットル。小さな水筒のようなもの。中にどんな種類の液体が入っているか、映画やドラマでは相場が決まっている。

「少しだけ飲む。君たちは大人になるまで我慢だ」

部屋に備え付けてあったグラスに、依頼人はスキットルの中身を注いだ。琥珀色の液体。アルコールの刺激臭とともに、なんともいえず甘い香りも漂ってくる。

「……大人だぁ」

「大人ですねえ……」

依頼人はグラスを軽く回し、鼻のあたりに近づける。マスク越しでも十分にわかるだろうと想像できるくらいに、そしてまだ大人には遠い双子たちでもわかるくらいに、それは値の張りそうな匂いがした。

「乾杯。お招きいただいて感謝するよ」

促されて、双子たちはあわてて自分たちのコップに飲み物を注いだ。

ささやかな宴が始まった。

意外にも、というべきなのか、むしろそれも当然と評価すべきなのか。依頼人は話術が巧みだった。

話題も多岐にわたった。娯楽、芸術、政治、経済。世界各国の風土や文化、陸海空のこと、果ては地球の外側のことまで。それでいて双子に適度に話を振ったり、質問を投げたりして、会話によどみを作らない。

座が温まってくると、詩愛と心逢の口も滑らかになってきた。学校のこと、友達のこと、好きな小説や音楽のこと。

語ることが尽きてくると、自然と白雪静流の話になった。二人がかりで腕相撲に勝てるようになった時の話。母娘三人で作った料理があまりにも不味《まず》くて、醜い責任転嫁をし合いながらも完食した話。依頼人は聞き上手でもあった。他愛ない話に退屈する様子もなく、丁寧に耳を傾け続けた。

あっという間に時間が過ぎた。

用意した食べ物も飲み物も、まだ半分以上が残っている。

依頼人がグラスを手に取って、酒の香りを楽しむそぶりを示した。話し上手の聞き上手は呼吸の取り方も上手い。ふいにできた間の意図を、詩愛も心逢も正確にくみ取った。

「もういちど状況を整理します」

心逢がひとりごとのように口火を切った。

「もう一週間になります、あの手紙が届いてから。謎解きゲームのお誘いと十万円の現金書留。そこからすべてが始まりました」

ローテーブルに向かい合って、双子たちと依頼人は座っている。

ふたりがけのソファーに双子が並んで、もう片方のソファーには依頼人がひとり。

マネージャーは主をここまで連れてきた後すぐに部屋を辞した。彼女も今日はホテルの一室に泊まり込むらしく、主人の用命があればすぐに馳せ参じられるように待機しているのだという。

「そして依頼人さん。あなたからルールが提示されて、心逢たちはルールに従って十枚の絵はがきの謎について調べることになりました」

「思い出すね。詩愛くんも心逢くんも初日は遊びほうけていたね」

「若気の至り、ってやつっす」詩愛は頭を掻いた。

「昔のことは忘れました」心逢は素知らぬふりをして、

「絵はがきを調べていくと、いくつかのことがわかってきました。心逢たちとお母さんに関係のある場所だったこと、心逢たちの誕生日でそろった消印――どうやらお母さんが誰かに宛てて、十年間欠かさず送っていた絵はがきだと推測されること。絵はがきそのものの謎は、さほど複雑なものではありませんでした。もちろん不可解なことはまだ残っているんですが……そこはいったん棚上げにしておいていいかと思います。より大きな問題はあなたでした、依頼人さん」

依頼人はグラスをゆらしている。

少し飲む、と言っていたが、一滴たりとも口にしていない。香りを楽しむだけで十分、ということなのだろうか。確かに双子たちでもうっとりできるような芳香が、ずっと部屋に立ちこめている。

「というよりあなたにこそ、解かねばならない謎がいくつもあるんじゃないか、と判断しました。こんな真夏にトレンチコートで、マスクにサングラス。ゲームマスターの演出、というだけでは説明できそうにない見た目で、あなたの正体は何重にも隠されているように見えました。十枚の絵はがきの謎なんてただの建前じゃないか、と思えてくるぐらいに。そして案の定というか、ゲームはその本質から変化しました。設定されたルールと謎解きとの矛盾に気づいて、本当に解かねばならない謎はあなた自身にある、という確信を得ることができました」

心逢は紙コップのお茶を口にする。

詩愛は口を出さず、黙って妹の話に耳を傾けている。

「心逢と詩愛さんは選択肢を絞って推測しました。あらゆる手段で情報が集められるわけじゃない以上、推測に頼るしかないところはどうしてもあります。問題はその推測が理にかなっているか、見落としはないか精査する必要があること。……そういう意味では本当に、これはよくできた謎解きゲームでした。それに依頼人さんはヒントをたくさん出してくれていましたよね？　これで解答にたどり着けないのでは、いちおう小説も書いている身としては立つ瀬がありません」

「物書きの誰もがミステリの才能に恵まれている、とは限らないだろうがね」

「それでも〝できない自分を認めること〟は腹が立つものですから。繰り返しますけど、もう十分にヒントは示されているはずなんです。解答の権利は一度だけ、という条件もつけられています。とはいえ質問は自由、とも言われていますから、ゲームの制限としては妥当なものだと思います。《ウミガメのスープ》や《アキネイター》みたいに、イエスとノーだけで答えを明らかにできるなら、それはもうただの作業です。謎解きでもなんでもありません。ライバルの解答者でもいるなら話は別かもしれないですけどね、その場合はプレイヤー同士に競争が生まれますから」

「心逢くんはゲームに詳しいな」

「質問が自由なら推論を語るのも自由だと思います。どこから話しましょうか……まずは依頼人さん、あなたは【NAZO MAKER Inc.】の社員じゃない。それにこの謎解きゲームの企画は【NAZO MAKER Inc.】が主催しているわけでも、まして正式にリリースの予定があるタイトルでもない」

「なぜそう思う？」

「れっきとした企業が真面目に取り組んでいる企画にしては、効率が悪すぎます。お金のかけ方にしても、運営のやり方にしても、お金もうけをしようとしている風にはぜんぜん見えない。むしろ趣味の一環としてお金を浪費するみたいな……そう、あなたはお金をたくさん持っている。でもその資金は、たとえば【NAZO MAKER Inc.】を丸ごと買い上げられるほど大きなものではないんでしょう。大富豪とか石油王だったら、もしかしてそういうことができたのかもしれませんが」

依頼人はこれといった反応を示さなかった。

逐一の返答はしない、という意思表示か。それはルールで示されていたことであるし、心逢は自由な推論を語っているだけである。

気にもとめず、心逢はとなりに座る姉に視線を向ける。

「詩愛さん。【NAZO MAKER Inc.】は何をしている会社でしたっけ?」

「えっ？　あー……」

話を振られて戸惑いながら、

「アナログゲームの企画制作やリアル脱出ゲームの運営などを手がけている、みたいな。そんな感じだったかな」

「そのとおり。しかも親会社は、誰でも名前を知っている大手の出版社でした。このあたりはどうしても推測になってしまうんですが……」

依頼人に向き直って、

「依頼人さん。あなたは何かしらの創作活動を生業《なりわい》にする、プロのクリエイターなのでは？　それも【NAZO MAKER Inc.】と関係のある——というより一定以上の発言力のある——もっと平たく言うと、かなり売れているタイプの」

「詳しく聞きたいね」依頼人が先を促す。「主張の根拠をもっと詳しく」

「一番の根拠は」

心逢が指摘する。

「この謎解きゲームと依頼人さんの身元について【NAZO MAKER Inc.】に確認を取ろうとした時の反応です。会社の担当の人は『お答えできません』と返してきました。なんだか変だな、と心逢は思いました。なんと言いますか……たとえば何か後ろ暗いことに心当たりのある人が『ノーコメント』というコメントを残すときと同じ何かを感じ取ったんです。もっと踏み込んで言うと、会社の人は何かを知っている、でもそのことを口に出したくない——そんな声にならない声を聞いた気がしました」

「憶測だね」

「そのとおりです。なんなら妄想と言ってもいいかもしれません。でもたぶん、そんなに大きくは間違ってないと思います。……推論を述べるのは自由、ってことでいいんですよね？」

「もちろん」

依頼人が肯定するのを確認して、心逢は続ける。

「これらのことから逆算して考えました。心逢が勝手に考えた筋書きだと思って聞いてもらいたいんですが……とある売れっ子クリエイターが、今回の謎解きゲームを考えついた。その謎解きゲームを【NAZO MAKER Inc.】が作っているゲームということにしてもらって、テストプレイのモニターを募集する建前で、心逢と詩愛さんに招待状を送ることにした。【NAZO MAKER Inc.】としては何の得にもならない話だけど、依頼人の機嫌を損ねたくないから仕方なく口裏を合わせた」

「仮定が正しいことを前提に推測を重ねるのはお勧めしないよ、心逢くん」

「でも推測を前提としているのがこの謎解きゲーム、ですよね？　とにかく心逢の推測では、依頼人さんと【NAZO MAKER Inc.】の関係は、売れっ子のタレントをたくさん抱えている芸能事務所とテレビ局の関係みたいなものなんじゃないか、と」

「わからなくはないけど」

詩愛が口を挟む。

「心逢ちゃんの推測って、どのくらい根拠あるん？」

「不十分ですが、根も葉もないわけではない、と言える程度にはあります。依頼人さんが売れっ子クリエイターで、その発言力が無視できないもので、【NAZO MAKER Inc.】ぐらいの大きさの会社だったら渋々ながら言うことを聞くしかないのかも、と思える理由。依頼人さん最初に言ってましたよね？」

心逢は右手の人差し指を立てて、

「一億円。後払いだ、って言っていた高すぎる報酬の件。あれ、もしかして本気なんじゃないですか？」

ごくり、と詩愛が息をのんだ。

姉妹の間で話し合った推論ではある。それでもなお、一億円という数字はある種の緊張を人に強いる。フィクションでしか語られることのないような大金が、にわかに現実味をもって己の身に降って湧く――詩愛でなくとも普通は平然としていられない。まして彼女たちはまだ中学生だ。

「十億円とか百億円だったら、この人は大富豪か石油王なんだ……と思えたかもしれません。もしくはただの冗談だと判断して忘れてしまっていたかもしれません。でも一億円です。ちょっとした宝くじに当たるぐらいのお金です。なぜそんな現実味がありそうな金額を設定したんでしょう？　本当に払うつもりがあるから、と考えるのは飛躍しすぎでしょうか？」

「飛躍しすぎだね」

「確かにそうです。根拠がそれひとつだけなら。でも根拠は他にもあります。むしろ、《一億円の報酬》の方が、元々の根拠を補強するサブの根拠だと思っています」

心逢は、今度は左手の人差し指を立てる。

「たとえばあなたが設定したペナルティです。心逢たちの心の内を晒せとか、秘密を教えろとか。もっともらしい理由をつけていましたが……いま考えるとすべて目くらましのための言い訳だったんじゃないか、って思えます。だとすればそんなペナルティをわざわざ設定したのは何のためだったんでしょう？」

　左手の中指を立てる。

「たとえば十枚の絵はがき。なぜこれが、今回の謎解きゲームのお題だったんでしょう。差出人の名前は書いてありませんが、これはうちの母が出したもの、とみて間違いないと思います。だったらその受取人は誰なのか？　そしてこの絵はがきをあなたが、依頼人さんが持っていることの意味は何なのでしょう？」

　左手の薬指を立てる。

「たとえば、心逢と詩愛さんがいま暮らしている家と場所について。心逢たちは祖母の家で厄介になっていますが、あの家は母の地元ではありません。もともと祖母は東京に住んでいて、母も東京育ちでした。それがある時を境にして今の家に引っ越した。地元ではないから母のことを知る同級生も幼なじみもいません。そして祖母も母の話をしたがりません。だから心逢たちは母の過去をほとんど何も知らない。母が死んだあとの手続きは祖母がすべてやったので、心逢たちは戸籍とか住民票とかを見る機会もなかった」

　左手の小指を立てる。

「たとえば心逢と詩愛さんと、死んだ母のこと。母はシングルマザーで、身体があまり強くなくて、働きに出ていた記憶がほとんどありません。それでも生活が苦しいとは思わなかった。住むところにも、着る服にも、食べるものにも困らなかった。祖母からの援助を受け取っていたんでしょうか？　でも絶縁していたんですよ？　いまだってあの人は母のことを話したがらない。祖母はお堅い性格で、しかもものすごく頑固です。縁を切った娘を金銭的に援助していたと考えるのは不自然さが残ります。だとすると心逢たち母娘三人が暮らしていくお金はどこから出ていたんでしょう？」

　左手の親指を立てる。

「たとえば、うちの祖母が今回の件に反対しなかったこと。いま言ったとおりのお堅い人です。奇妙な謎解きゲームの招待状に、十万円の現金まで送られてくる。ついつい浮かれてしまって深く考えなかったんですが……やっぱりあれは変です。なぜ祖母は許可を出したのか。孫ふたりだけで東京に行かせて、一週間近くも泊まってくるのをよしとしているのか。……そういえば思い出したんですが、あの招待状は手書きで書かれていましたね。宛先も手書きでした。もちろんそれ以外にも根回しは済まされていたのかもしれませんが……とにかく祖母はその手紙から——言い換えると差出人の筆跡から、何かを察した可能性がある」

　指が足りなくなってきました、とこぼしながら、心逢は立て続けに根拠を示す。

　たとえば招待されたのがなぜ、詩愛と心逢だったのか、ということ。

　たとえば今日一日、渋谷のあちこちを一緒に歩き回ってくれたこと。

　たとえばこうしてお泊まり会に来てくれたこと。

　たとえば詩愛と心逢の入れ替わりに気づいたこと。

「……ええと、これでだいたいぜんぶですよね？　状況証拠」

ふう、と息をついて、心逢は姉に確認する。

詩愛は「自分、昔から気になってたんすけど」と切り出した。

「うちの家――つまりおばあさまの家のことっすけど。あそこに置いてあるモノがすっごい多いんすよね。いくらなんでもひとり娘に買い与えるにしては多すぎるんじゃないか、ってくらいに。そのせいで自分と心逢ちゃん、いまでもひとつの部屋をふたりで使ってますもん。あれについても――いまにしてみると、そうかそういうことか、って納得できるような気がするんすよね。これまで考えないようにしてきたし、考えるための材料もなかったっすから……お母さんの昔のことがわかるものは、ぜんぶ捨てるか何かしちゃってるみたいなんで。でも、これもいまにしてみれば、なんすけど」

食べ終わったチョコレートの包装紙を、指で細いこよりの形にしながら、詩愛は慎重に言葉を選ぶ。

「CDとかLPとか、小説とか漫画とか映画とか……部屋を埋め尽くしてるものを眺めてると……なんか、わかってくることがある気がするんす。数が多すぎるのもそうなんすけど、ジャンルが多すぎるんすよね。自分と心逢ちゃんのふたり分、っていうならわかるんすよ。自分だって小説とか漫画とか映画とか見ないわけじゃないし、心逢ちゃんだって音楽は聴くし。でもなんというかあのラインナップは……ふたり分なんすよ、単純に。お母さんひとりで集めたものじゃ、たぶんないんすよ」

言葉を切って、依頼人の様子をうかがう。

大ぶりのサングラスとマスク、そしてフェルト帽。たったそれだけの小道具が、本当によく素顔を隠す。部屋の明かりも間接照明が主で、素肌をつぶさに観察するには差し障りがある。

思えば、何度も待ち合わせに使った喫茶店もそうだった。お世辞にも広くはなく、窓の数も少なくて、なおかつあの店もまた間接照明を主な明かりにしていて、昼の時間帯だというのにいつも薄暗かった。

今日は太陽の下へ依頼人とともに外出した。確信めいたものはそのことによってさらに深まったと言える。もちろん依頼人にとって百も承知のことだったはずだ。

「十分に聞かせてもらった」

依頼人は大いにうなずいた。

「君たちの若さを考慮すれば、満足のいく推理だと思うね。では肝心のことを聞かせてもらおう。今回の謎解きゲーム……君たちは何をもって最終解答とするのか？」

両肘を自分の膝の上にのせて、両手で口元をおさえて、依頼人は前屈みになる。

詩愛と心逢は、お互いの顔をのぞき見る。

「正直なところ」

ふう、と心逢が息をついて、

「確定はまだできません。集められるだけの情報は、もう集めたつもりです。でもどうしても、いくつか足りないところがあるんです。それは私たちの力が足りないだけなのかもしれないし、そもそも現時点で手に入れることができない情報があるから、なのかもしれない。だからいまこの瞬間、完全な確信をもって答えることはできません」

「ギブアップということかな？」

「まさか。この状況で音を上げると思います？」

「だが手に入れられる情報はもう集めきったと君は言った。これ以上なにをどうしようというのかな？」

もちろん案がないわけではない。

だがこの期におよんでも双子はためらった。

心逢が姉を肘でつついた。「いやいやいや」詩愛は首を振った。「自分さっきやったし、お泊まり会のお誘い。次はそっちでしょ」

「一度やったら二度目はない、という法律はないじゃないですか」

「順番でいったら心逢ちゃんだから、普通に考えて」

「決断を下すのは年長者の役目です」

「自分ら双子なんで」

詩愛はにべもなかった。

普段はなんだかんだで妹に甘い詩愛だったが、いざとなると絶対に譲らなくなるところがあった。それがまさに今この瞬間だと心逢は覚《さと》った。

顔が青くなっているのが自分でわかるくらい、心逢は緊張している。

背筋を伸ばし、壁に掛けてある風景画のあたりを真っ直ぐ見つめて、まるで軍隊に入りたての新兵みたいな硬さで、それでも声だけは号令のように張って。

彼女はこう言った。

「お風呂に入ります！」

詩愛は頭を抱えて天井を仰いだ。もっと他に言い方ってもんがあるでしょ、と言わんばかりだ。

依頼人はサングラスの下で、おそらくまばたきでもしていたことだろう。かなりの間を置いてから咳払いをして、こう答えた。

「……うん。どうぞ？」

「どうぞ、ではなく！」

心逢は叫んだ。

さっきまで青かった顔が今度は真っ赤になっている。

「郷に入っては郷に従え、という言葉があります。毒を食らわば皿まで、という言葉もありますよね？」

「あるね」

「いまがそれですよ依頼人さん。お風呂に入りましょう。おかげさまでとてもいい部屋を取ってもらっているので、お風呂もけっこう広いんです。心逢も詩愛さんも身体の細さには自信があります」

「きちんと体重管理をしているんだね。感心なことだ」

「他人事《ひとごと》じゃありませんよ。あなたに言ってるんです。身体が細いからみんなで入れます、という話をしてるんです」

感情のアップダウンを経て状況は整った。心逢の目は今、しっかりと据わっていた。

「依頼人さん。お風呂に入りましょう。心逢と詩愛さんと三人で」

「それは……」

めずらしく依頼人が言いよどんだ。

「ずいぶん直截《ちょくせつ》的というか……あからさまな申し出に聞こえるね」

「あなたがそう思うんなら、そうなんじゃないでしょうか」

「ここにいるみんなでお風呂に入るとなると、君たちに重大なヒントを与えることになってしまうな」

「なにか問題でも？」

「一応このゲームは自分の足で情報を稼いだり、知恵を働かせながら謎を解いていくもの――だと私は認識しているし、君たちとも認識を共有していると思うんだが」

「謎解きの方法そのものにルールは設定されていませんでした」

「乱暴すぎないかねやり方が」

「乱暴はしないので安心してください。心逢も詩愛さんも紳士ですから」

心逢は強気だった。

彼女にその自覚はないが――いったん形勢の針が傾いたら手綱を緩めるべきではない、というのは駆け引きの常道だ。

怖いものなしの心境にある心逢と、泰然自若を保ちながらも常ならぬ様子の依頼人。

この瞬間、流れは双子の側にあった。

「お泊まり会といったらお風呂までがワンセットっすよね」

頃合いをみて詩愛が口を挟んだ。

フォローになっているのかいないのか微妙な助太刀だったが、依頼人は人差し指で頬のあたりを掻く仕草をした。普段のこの人物ならまず見せないであろう振る舞いだ。

場の空気は、時に奇妙な仕事をする。

高層ビルの上層部にある部屋は不思議なほど都会の騒音から切り離されている。ほんの数秒の沈黙が、まるで一時間にも二時間にも感じられる。

「条件がある」

実際にはおそらく三十秒ほどの沈思を経て、依頼人が言った。

「明かりをすべて消してもらえるだろうか。それとマネージャーを呼びたい。彼女に何かと手伝ってもらうことになりそうだ……なあに心配は要らない、彼女まで一緒に入らせようというわけではないさ。いくらなんでも四人同時は数が多すぎるだろうしね」

Interlude sideS-5

まさかの提案だった。

これにはさすがの私も面食らってしまった。お風呂。お風呂か。一緒に入る。お風呂に私たちが。……私とあの子たちが？

不意に噴き出してしまった。

身支度を手伝いにきてくれたマネージャーが「どうかされましたか？」と訊いてくるが、返事をすることさえままならない。いわゆるツボに入る、というやつだ。私は声を殺し、身体に障るほど腹を抱えて身をよじらせる。

いやもう、まったく。

滑稽さといい、皮肉っぷりといい……私にはとても思いつかない筋書きだ。

あの双子たちに天賦はないと断言してしまったが、どうやら何かは持っている子たちであるらしい。偶然だろうと何だろうと、こんな状況を作ってしまう人間には、常識の物差しでは測れない何かが秘められているものなのだ。そもそも、凡才の身が天賦を語るなど笑止千万だったか。

もしかすると私は、今度こそしたたかに罰を食らったのかもしれない。これぞ因果応報。

まったくもって納得の結果と言えそうだ。

なんにせよ幕引きだ。

長かったような短かったような旅が、もうすぐ終わる。私にとって最後になるであろう作品は、少なくとも退屈なものにはならないで済みそうだ。

ふと興が乗ってマネージャーを誘ってみた。「君も一緒にどうだい？」

マネージャーには冷たい目で返されてしまった。「水入らずでどうぞ」

皮肉が利いている。彼女もなかなかどうして、いいセンスを持っている。

私はサングラスを外し、マスクを外しながら考える。

今さら善人ぶるつもりもないのだが、にわかに不安を覚えてしまったのだ。この旅を終えた後、あの子たちが心に傷を負わなければいいのだが、と。

Day6 (Midnight)

「詩愛さんのせいですよ」

仏頂面で心逢が愚痴る。

「心逢は反対したんです。こんなやり方はスマートじゃないし、恥を忍ぶことになるし、そもそも拒否されたら終わりだし、って。なのに本当にこんなことになるなんて……」

「心逢ちゃん。顔がブスになってる」

「だったらそっちもブスですばーかばーか」

「最終的には心逢ちゃんもオッケー出してたじゃん」

詩愛は軽くいなしながらキャミソールを脱いでいく。

「ていうかもう他に方法なかったっしょ？　何もないとまでは言わないけど、これがいちばん効率がよくて確実だ、って結論になったんだし。いつこのゲームが終了になるかわかったもんじゃないしさ」

「おどしだと思います。あの人が自分の勝手でゲームを降りる雰囲気はなさそうに見えました」

「それだって今日、依頼人さんが自分らにいろいろ付き合ってくれたから、言えることとなわけで。チャンスがあったら畳みかけて、行くところまで行く、ってのは最初から計画に入ってたし。それにおばあさまもさすがにそろそろ何か言ってくるかもだったし。夏休みが終わるまでずっとこんなこと続けてるわけにもいかないし」

「だっておかしいじゃないですか常識的に考えて」

ブラウスのボタンを外しながら、心逢はなおも愚痴る。

「出会ってからまだ一週間も経ってない相手ですよ？　こんなの一歩間違えれば警察沙汰です。何が起きても責任取れないですよ心逢は」

「それはもう議論した〜」

「来年は受験があって、内申点とかの問題もあるわけです。今のところ心逢も詩愛さんも志望校の判定はAですけど、補導とかされて鑑別所とか少年院に入ることになったら一発でアウトになります。そうなったら人生終わりです」

「それももう議論した〜。自分ら志望校を決めてるっていっても、別にそこまでして行きたい高校でもないし、内申点が下がることが起きても困らない。ていうか補導とか鑑別所とか少年院とか大げさすぎ。そうはならない、って結論になってたじゃん」

「何事にも１００％はないんですよ。詩愛さんは大雑把すぎます」

「１％の失敗が怖くて何もできなくなるのは本末転倒。心逢ちゃんは気にしすぎ」

部屋の明かりは消せるだけ消した。

どれだけ消してもそこは大都会で、グレードの高いホテルである。テレビの電源灯や、火災報知器が稼働していることを示す小さなランプ、お湯の温度を示す発光ダイオードなど、完全には消しきれない光源はいくらでもある。

それでもこの瞬間、ツインルームにはほとんど真の闇が降りる。もちろんバスルームの中にも。

ふたりは手探りしながら湯船に浸かった。

「……男の人だったらどうします？」

「それはない、ってことになってたって。ふたりで話し合って」

「あくまでも理屈の上での話です。100%じゃありません」

「心逢ちゃんはホント、こういう時にヘタレだねえ」

「詩愛さんが無神経すぎるんです」

「温泉とか銭湯とかと一緒だと思えばいいじゃん」

「温泉でも銭湯でもないんですよ、残念ながらここは」

頃合いを見計らって依頼人がバスルームに入ってくる――そういう手はずになっている。

部屋の鍵も渡した。間にはマネージャーの女性も入ってくれる。業腹ではあったが祖母にも頼んでおいた。一時間たっても連絡がなかったら、ホテルのフロントか警察に通報してほしいと。

考えられるだけの手は打った。後は野となれ山となれだ。

「……本当に来ますかね？　あの人」

「この期におよんで来ない、ってことある？　腹は決めてると思うよあの人も。仮に来なかったとしても、別に自分らは損しないから。……って話も、だいぶ前に済ませてるはずなんだけどねー」

お湯はぬるめに設定しておいた。長湯にも対応できる。

わずかな光にも目が慣れてきた。詩愛と心逢、同じバスタブに浸かっている同士でも顔がはっきり見えない暗さだが、一寸先は闇、というほどでもない。

どこにスペース空けます？　真ん中かな？　三人だとさすがに狭くなりますね。さすがにそういう使い方は考えてないお風呂だもんね。――他愛もない会話を少しだけ交わしてふたりは黙った。入浴中でなければ掌が汗ばんでいたはずだ。勢いに乗って自らが作り出した状況だが、冷静になると異様な緊張が肺腑をえぐる。

いっそのこと来なくてもいい。

いやむしろ来るなら早く来てほしい。

相反する感情を双子たちは湯の中で共有している。

がちゃり、と音がした。部屋の入り口のドアの方から。

人が入ってくる気配もある。ドアを開けた音とは違って、実際に空気を震わせる何かが聞こえてくるわけではない。暗闇と緊張が五感を鋭くさせているのか、靴がカーペットを踏む音も、服がこすれる音までも、バスルームのガラス戸を越えて聞こえてくる気がする。

詩愛も心逢も息を潜めている。

バスルームの外で起きている光景を透かし見ようとしているかのように、全身の神経が集中しているのがわかる。たぶん服を脱いでいるのだろう。マネージャーも一緒にいるようだ。おそらく主人が服を脱ぐのを手伝っている。

がちゃり、とさらに音がした。今度は音だけでなく現実の光景として目にもした。

バスルームのドアが開いて誰かが入ってきた。動きはゆっくりだがためらう様子はない。やはり暗闇の中にあって判然とはしないが、その人物が細すぎる身体にバスタオルを巻いていることは見て取れた。

そしてもうこの時点で、事のあらましを――この夏休みに届いたあの手紙から始まった一連の出来事の顚末を、詩愛も心逢も察することができた。同時にふたりともひどい後悔に、早々とさいなまれつつあった。

「このまま入ってもいいかな」

依頼人の声だった。

マスク越しのくぐもった声ではなく、これまで双子たちが聞いた中ではもっともクリアな声が。十分に広いとはいえやはり狭くはあるバスルームに、わずかなこだまを伴って響く。

「あ、はい」

「どぞ」

詩愛も心逢も気の利かない返事しかできなかった。

自分たちはいったい何をしてるんだろう――あらゆる意味で双子たちの脳裏をそんな考

えがよぎった。だけどこれは彼女たちが望んだ状況だった。そしてある意味では間違いなく正解と呼べる流れでもあった。そのことを、暗闇の中に浮かぶ依頼人のシルエットをひとめ見た瞬間に双子たちは確信した、のだが。

だが——これは本当に、許されるべき行為だったのか。

自問自答する双子たちの内心を知ってか知らずか、依頼人がゆっくりと湯船に浸かっていく。身体の可動域のひとつひとつを確かめるような、そんな動きで。

「夜の砂漠を見たことはあるかい？」

ちゃぽん、と肩まで湯に浸かって。依頼人が出し抜けにそんなことを言った。

「夜の砂漠……？」

「映像とかでなら……？」

「私はある」

依頼人は双子たちに左右から挟まれる格好だ。当然、狭い。肌と肌が触れずには三人で入浴することは叶わない。

「少し似ていると思った。月の出ていない夜だ。満天の星が輝いている。地平線は見渡す限りの砂、砂、砂だ。……もっともあの時は、手元がおぼつかないほど暗くはなかったがね。もちろんこのバスルームほど狭くもない。だけどふと、思い出した」

双子たちの答えはない。

依頼人は気にした風もない。少しだけ笑みをこぼしてから、

「私が男ではない、という確信はあったのかな？」

暗闇の中で詩愛は妹に目配せをした。

それに気づいたのかどうか、

「正直、声では判断できませんでした」

心逢はうつむきながら、ぼそぼそと、

「見た目で判断するのも難しかったです。そのためのサングラスとマスクで、そのためのトレンチコートの厚着ですよね」

「うん。私は謎の依頼人だからね」

「男性だったら申し出なかったと思います、お風呂に入ろうなんてことは。でもあなたが男性じゃないことは、最後には確信に近いものを持ってました」

「私が若い女の子を偏愛している女性かもしれない、という可能性は？」

「どうせすべての可能性は潰しきれないです。情報を得るための時間も、手段も、限られている状態ですから。だから最後の最後は本当に賭け。あなたがこっちの申し出を受けるかどうかはもっと賭けでした。なんで乗ったんですか？　ここまで隠そうとしてたのに、なんで今になって？」

依頼人は答えない。

ただ、微笑んでいるらしいことは暗闇の中でもわかる。そろって身体が細いとはいえ、三人がぎゅうぎゅう詰めの浴槽だ。お互いの顔の距離は数十センチしかない。

「心逢たちが謎にたどり着いたというより」

心逢は相変わらずぼそぼそと、うつむきながら話している。ひどいいたずらが露見して、それをとがめられて、苦労しながら言い訳を並べているみたいに。

「あなたには逃げるつもりがなかった。そういうことですよね」

「解けるように仕掛けなければ、謎解きゲームと言えないだろう？」

依頼人はいつもの調子だ。

それこそ温泉か銭湯で仲間同士、ひとっ風呂あびて、さっきまで一緒に観ていた映画の感想でも述べている時のような。

「ただし勝手に解けるように仕向けたわけじゃない。答えにたどり着いたのは君たち自身が最善を尽くした結果だ。いつでもやめることができるゲームだとも言った。もらったお小遣いで遊びほうけるだけでも問題はなかった。それでもなお、君たちがゲームを続けてくれたのは……企画を考えた側としては悪い気がしなかったね。どう転んでも私に損はなかったとはいえ、やはり冥利というものはある」

依頼人が言葉を切った。

ちゃぷん、とお湯が波を立てる。依頼人が手すさびにお湯の表面を揺らしている。

この沈黙を、鈍重なほどゆったり流れる時間を、彼女は心から楽しんでいるように見えた。腹をくくった人間の、すべてを悟った人間の、それはある種の余裕であり、あるいは諦観の表れであるようにみえた。

一方の双子たちはそれどころではなかった。掛ける言葉を、つなぐ言葉を、見いだせない。教科書には書かれていないし、十数年の人生経験でそんな引き出しは作れない。

「私の思いつきに付き合ってくれて感謝しているよ。もちろんＷｉｎ－Ｗｉｎのゲームだったという自負はある。君たちには十分な見返りも用意した。それでもやはり――ここまで面白いものがみられたのは、君たちあってのことだ。ざっと一週間になるか……渋谷の旅は楽しんでもらえたかな？　あとは君たちがたどり着いた答えを聞かせてもらえたら、このゲームは大団円だ」

促すような間があった。

もちろん何を促されているのか、詩愛も心逢もわかっている。

こういう時は大抵、心逢に出番が回ってくる。口から先に生まれてきたような女だよね、といつも姉から皮肉られているし、負けん気が強いのも確かだ。同世代を相手にして口論で負けたことは一度もない。

「心逢くん？」

再度、今度は言葉にして依頼人が促した。

心逢は両手で顔を覆った。か細い声を絞り出す。

「心逢に訊かないでください。心逢はもう戦意を喪失しました」

「なぜ？」

「あなたがそれを訊くんですか。いえその前に――」声が震えている。「ごめんなさい。

本当に。ごめんなさい。心逢たちは自分たちの好奇心に任せて、あなたという存在を暴こうとしました。それは——それはたぶん、恥ずべきことだったと思います。本当にごめんなさい」

「謝ることがあるのかな」

依頼人は不思議そうに言った。

演技や韜晦《とうかい》ではなく、それはごく自然で、純粋な疑問を口にしているだけ。そんな風に双子たちには聞こえた。

「そもそも私の正体を暴くように仕向けたのは私なんだがね？　それに私はね、それなりのクッションを置いたつもりだよ。君たちが傷つかないように、できるだけの配慮はしたつもりなんだ。こうして明かりを消して真っ暗にしてもらったのもその一環だ。お互いの顔がはっきりと見えないこの状況は、うん、ちょっとしたロマンスだね。夜の砂漠の話も今この瞬間になるまで思い出さなかった。たぶん、今日この機会がなければ死ぬまでずっとね。それだけでも十分に価値がある。それもこれも——君たちがこんな突飛な提案をしてくれたおかげじゃないか。やはり謝ることなんて何もないよ、心逢くん」

「……ごめんなさい」

「困ったな」

本音なのだろう。

依頼人の声は、心の底から困惑しているそれに聞こえた。

「柄にもなく説教をすることになるね。謝罪は時と場合を間違えると侮辱になりかねないんだよ。もしも君が私の姿を見て憐れみの感情を覚えているなら——それはまさしく侮辱に値する行為だ。考えを改めた方がいい」

心逢は答えなかった。

両手で顔を覆ったまま、震えたまま。

「心逢くんはメンタルが弱いらしい。詩愛くんにバトンタッチだ」

依頼人が詩愛に顔を向ける。

「心逢くんそっくりに化けることができた君だ、その気になれば心逢くんと同じくらい弁が立つんだろう？　君は意識してお姉さんの立場で振る舞ってくれているようだし、ここは出番を期待したい」

「……なんか小馬鹿にされてる気がするっすね」

「いや。どちらかというと子供あつかい、かな」

詩愛は鼻白んだ。

この暗闇では相手に見られてはいないだろうが、不服の気配は伝わるはずだ。少なくともそういう機微を悟る能力に関しては、依頼人は双子のはるか上をいっているだろう。

だが妹がやり込められているのを目の前にして黙っているわけにはいかない。生まれた日は同じでも白雪詩愛は〝お姉ちゃん〟なのだ。

「自分も聞いておきたいことがあるんすけど」

「いくらでも答えるさ。いまの私は、まな板に載せられた鯉だからね」

「依頼人さんは、こうなることがわかってたんすか？」

「こうなることが、とは？」

「こうやって自分らがお風呂に入ることを要求して——その前にお泊まり会を提案したり、渋谷の街を一緒に回ったりしたこと。そういうなりふり構わないやり方で、あなたの正体を丸裸にしてやろうとしたこと」

「まさか。筋書きを立てようとしたって思いつかないね。むしろ私は、私の素性も、私の姿形も、可能な限りの慎重さで隠していたつもりだ。最後まで隠しきるつもりでもいたよ。ただし君たちが正しい推理を経て、いわば正当な手続きを踏んでそれを要求するのであれば……私はきっと私のことを明かしていたと思う」

「自分らのやったことって、正当な手続きなんすかね？」

「少なくとも私の意表は突いたし、スリルも味わわせてもらったな。これも一興、これもアドリブの妙だと素直に思えた。まさしく一期一会のセッションだ。君たちの選んだ手段に私は満足した。……それに正直なところ、本当にそろそろ身体がもたなくてね。自分の人生は勝手にさせてもらいたいが、医者にも我慢の限度がある。想定外のアクシデントが起きて世間様に迷惑を掛けることもあるだろう。そもそもここに至るまで関係各所に数え切れないほどわがままを聞いてもらっている。これでも社会性のある生き物だと自認しているのでね。さすがにこれ以上の我を通すのは憚られる」

依頼人が心逢の方を向く。

声には労《いたわ》りの調子がある。

「だから心逢くんも傷つく必要はない。これは私が望んだ結果だし、自業自得でもある。私は君を、君たちを、傷つけたかったわけじゃない。身勝手は承知で言うが、そこはわかってもらえると嬉しい」

「その言い方は」心逢が声を絞り出す。「その言い方は、卑怯です」

「知っているさ。詫びが必要ならいくらでも詫びよう。だが申し訳ないんだがこれが私の生き方でね」

心逢が顔を覆うのをやめる。

そのかわりに体育座りをした。膝の間に顔を埋める格好で。

「じゃあ自分が」

努めて淡々とした声で、詩愛が言った。

「心逢ちゃんとふたりで考えた答えを話すんで。聞いてもらえるっすか」

暗闇の中で依頼人がうなずくのが見えた。

ひとつ、ふたつ。呼吸を整えてから詩愛は切り出した。

「選択肢は早い段階から絞られていました。あなたがうちの母の関係者である可能性は、どう検討しても極めて高かった。あとはその可能性をどう狭めていくか」

十枚の絵はがき。

その差出人が、どうやら母・白雪静流であったらしいこと。

もちろん依頼人は計算に入れていたはずだ。その時点で推理の網がかなりの範囲で絞られることを。

「でも自分たちは、ずっと一緒に暮らしていた母のことを実はよく知らなくて。お母さんって、うちの祖母からは縁を切られてたし、友達づきあいも近所づきあいもなくて。どんな親戚がいるのか、どんな知り合いがいるのか、そういうことは何も判らないままこれまで自分たちは生きてきた。いま暮らしてる田舎だって、母とは縁もゆかりもない土地なんすよね。母の関係者なんて祖母以外には誰ひとり知らなくて。選択肢はもともとそんなに多くなくて、でも本当に問題なのはそこからだった」

そこから先はもう、すでに心逢が役目を果たしている。

今日ここに至るまでの流れ。欠けたパズルのピースを埋める作業。

埋めうるピースは埋め切ったはずだ。それでもいくつか、どうしても埋め切れなかったピースが残っている。

結局、双子たちは冴えない非常手段に頼った。

だが結論だけをみるなら――その手段はもっとも冴えたものだったかもしれない。

それはいま現在、この六日間をいわば共にした三人がこうして湯船を同じくしているという事実が、端的に示しているのではないか。

「いまになってやっとわかったっす。待ち合わせ場所に指定されたあの喫茶店。あの店は一日中ずっと薄暗くて、それであの場所を選んだのかなと思ってた。謎の依頼人の正体を隠すには都合がいい場所だし。でも本当の意味は別のところにあったんすね。渋谷といってもあそこは広尾駅のあたりで、自分らが宿泊しているこのセルリアンタワーからはかなり離れてる。ただ待ち合わせするだけなら、もっと渋谷駅に近いあたりでもよかったはずなんすよ」

いいね。

と依頼人がつぶやいた。

肯定の意と受け取り、詩愛が続ける。

「そもそも依頼人さんはどこで寝泊まりしていたんすかね？　セルリアンタワーのいいところの部屋を取ってくれるんすから、わりと渋谷に近い場所の名門ホテルに宿泊しているか。もしくはこの近くにマンションでも借りているのか。あなたが喫茶店からハイヤーに乗ってどこに向かうのか、自分らそこまでは調べようとしなかったっすけど……結果として大失敗っすね。まあ後をつけようとしたところで、あなたが何の対策もしていないとは思えないけど」

「ご明察」

これも依頼人が肯定する。

詩愛は続ける。

「六日前に東京に来た時——東京駅から地下鉄で広尾駅まで来て、そこから歩いて喫茶店に向かって。……その時には気にもとめなかったけど。今ならああそうかなるほどって思えるっすね」

「聞かせてもらえるかい？」

「日本赤十字社医療センター。渋谷区では指折りの大きな病院っすね。大抵の病気はあそこで診てもらえるし、入院できるベッドの数も多い。でもって毎日の待ち合わせに指定されていた喫茶店は、あの病院の目と鼻の先にあるんすよ。もっと言うと……うちの母が、白雪静流が、病気の診察と治療を受けていたのも、あの病院だった」

ふう、と詩愛は息をついた。大きく深く。

できることなら逃げ出してしまいたかった。街中であれば——あるいは例の喫茶店や、セルリアンタワーのラウンジ、せめてさっきまで食べ語っていたソファーだったら。本当に彼女は逃げ出していたかもしれない。バスルームなのが恨めしかった。火災警報器でも鳴らない限りは逃げ出すことはできそうにない。これは自らが望んだ結末なのだ。

「たぶんあなたは」

声の震えを全身で抑えながら詩愛は指摘する。

「あの病院から喫茶店に毎日通っていた。ちがうっすか？」

「ちがわない」

依頼人がこれまた素直に肯定する。

「そのとおりだね。でもそれだけかい？　あらゆる状況を鑑みて、そこからさらに導き出される結論は？」

詩愛は口をつぐんだ。

湯船の中で、爪が割れるほどに手を握りしめていることを知るのは、詩愛自身だけだ。

「……依頼人さんは」

やっとのことで声を絞り出した。

「けっこう、容赦ないっすね」

「悪いが怖いものなしでね」依頼人は細すぎる肩をすくめる。「ここまで来たら見るべきものを見定めてみたいんだ。とことんまで」

「――ありがとうございます詩愛さん」

亀のように固まり黙っていた心逢が、ふいに顔をあげた。

「ここからは心逢が話します。嫌な役目を任せてすいませんでした」

「……だいじょうぶっすか？」

「お姉ちゃんに頼ってばかりじゃいられないじゃないですか。……まあ実際は頼りきりなんですけど。でも、ええ。ちょっとだけ落ち着きました。大丈夫です。メンタルが弱い妹でもやる時はやります」

「もしかして」依頼人がからかうように、「さっき言ったことを根に持っている？」

「もちろん」心逢は間髪をいれず、「心逢は執念深いですよ。やられたことは倍にして返すタイプです。病人が相手でも手加減しません」

「それは怖いね」

「怖いものなしじゃなかったんですか？」

「私の言うことを真に受けるのは感心しないな。物書きを志していて、なおかつミステリも愛好しているなら、揚げ足取りはもっと上手くやらねばならないよ」

「……また子供あつかいして」

心逢は舌打ちした。もはや斬り合いも辞さない気分だったが、完全な解答に至っていないという負い目が、最後の一歩を踏み出すのをためらわせる。

だがどれだけ頭を働かせても、そしてなりふり構わない手段に打って出てさえ、ほどけない謎がいくつもあった。その点はもう認めざるを得ない。

そして依頼人はおそらく、手心を加えたり腰が引けたりしている双子の姿を見るのは望んでいないだろう。そんなやわな相手であれば、そもそもこんな手の込んだ仕掛けを用意したりしない。それこそ斬り合いに喩《たと》えるなら、一刀のもとに斬って捨てるのがあるいは礼儀だったのかもしれないが。いまとなってはもう叶いそうにない。

「お母さんが――」

心逢は腹を決めた。

「白雪静流が死んだ時。末期のがんであの人はやせ細っていました。死ぬ直前まで本当に元気で、もうすぐ死ぬなんて信じられないくらいでしたけど。でも、それこそ文字どおりのやせ我慢だったんでしょうね。ほとんど骨と皮だけに見えて、やつれているのを通り越して……そう、それこそ死んでる人みたいに見えた。最後に見たお母さんの顔――棺桶に入って死に化粧をされたあの人の顔は、生きてる時とほとんど変わらなかった。頬がこけて、目がくぼんで、髪の毛がほとんど抜けて――」

やにわに心逢は自分の口を手でふさぎ、前屈みになる。

胃袋が悲鳴を上げる音が詩愛の耳にまで幻聴として届くような、そんな仕草だった。母が死んだ時の記憶がフラッシュバックしているのだろう。

「心逢――」

不安もあらわな姉をしかし、心逢はてのひらを向けて制する。

「だいじょうぶ」

まったく大丈夫じゃなさそうなかすれた声で、それでも心逢は己《おの》が役目と定めた推論の開示を続ける。

「マスクもサングラスもトレンチコートもフェルト帽も。そして明かりを消してほしい、と条件をつけたのも。今なら痛いほど理由がわかります。依頼人さん、あなたの命はもう長くない。どこに転移してるのかはわかりませんけど、あなたも母と同じ病気なんでしょうね。本当に何もかもうちの母と同じ――こうして暗いところで見てさえも、目も、鼻も、口も、輪郭も、何もかも」

瓜ふたつ。

まるで鏡映しのよう。

詩愛と心逢が十数年の人生で、耳にたこができるぐらい聞いてきた形容詞。

「謎の依頼人の正体は、母に近しい人だとあたりをつけていました。血縁の人、恋人だった人、もしかすると父親なのかも――と。母の素性を心逢たちが何も知らないこと、祖母が母について何も語ってくれないこと、母に縁がある人がいま住んでいる土地に誰もいないこと。あなたがあの手この手で正体を隠そうとしたこと――いろんな要素が邪魔をして、心逢たちは結局、正確な答えにはたどり着けなかった。ふたつにひとつ、までは絞れました。もう他に選択肢はあり得ない。でも、そのふたつにひとつが、ここまできてもまだわからない。こんなになりふり構わず暴き立てようとしてさえ」

心逢は両手を上げた。

暗闇の中だが、怒りや苛立ちをあらわにした顔ではない、ということは知れる。

代わりに彼女が呑み込んでいるであろう感情は――後悔だ。

「ギブアップです。心逢たちにはこれが限界。だからもう答え合わせをさせてもらえますか？　でないとたぶん、あなたの身体がもたない」

ごくり、と喉を鳴らしたのは詩愛の方だ。

不謹慎は承知の上。だが好奇心の誘惑にあらがえない。

この渋谷の旅でずっと探し続けていた答えが、今ようやく明らかになろうとしている。

「あなたは――」

ひと呼吸、区切ってから。心逢は問うた。

「あなたは母の姉ですか。それとも妹ですか」

ふふ、と。

依頼人はかすかに笑ったようだった。

賞賛。悔悟。諦念。安堵。失意。それらの感情がないまぜになった笑い声だと、双子の耳は捉えた。

「自己紹介が遅れたことを詫びよう」

――思えば出会ってからこのかた、この人は一度たりとも口調を変えていない。暗闇の中で三人がバスタブに並んでいる今も、おそらくは痛みで自由の利かない身体を抱えて、病が己を侵す足音をひたひたと耳にしているであろう今も。そして自らの正体を明かそうとするこの瞬間ですらも。

それは恐るべきこと、すさまじいこと、なのではないか。

詩愛と心逢は、心胆を寒からしめる何かを覚えて、思わず身をすくめた。

畏怖に近い何か。あるいは、自分たちとは決して交わらない思考と行動を取る、異形の存在が目の前にいることに、今さらながら気づいたように。

「私は白雪美鶴」

淡々と、粛々と。

謎の依頼人は名乗りをあげた。

「君たちの母、白雪静流の双子の妹だ。君たちにとっては叔母にあたる」

Interlude　sideM-5

姉は無事に出産を終えた。

生まれたのは双子の姉妹。玉のような、本当に愛らしい、一卵性双生児の赤ちゃんたち。

双子の姉妹が、それぞれに双子の姉妹を身ごもり、片方が身ごもった双子は流れ、もう片方は健康な双子を産む。

双子の姉妹から二組の姉妹、あわせて四人の女の子たちが生まれていたなら。仮にそんな幸運が訪れていたとしたら。その瞬間に人生のすべてを使い切ってしまったとしても、私はきっと納得できただろう。だがそうはならなかった。私はよりいっそう病んでいった。

「私は姉さんがうらやましい」

「私はあんたの方がうらやましいけどね」

私と姉は、私と姉の間でもう数えきれないくらい交わしたそんな言葉を、この時もまた交わした。皮肉きわまることに、姉には母親の才能がまったくなかった。宝物以外のなにものでもない双子の赤子たちを両手に抱えて、姉は彼女がよくしがちな仕草であるところの、迷子になって途方に暮れる子供みたいな顔をしていた。姉は、自分が母親になったという事実を、どうあっても呑み込めないでいるようだった。そのことでヒステリーになったりパニックになったり自暴自棄になったりしないあたりが姉らしいといえば姉らしいのだが、しかし彼女たち母娘の未来は容易に想像することができた。父親は誰とも知れない。親からはとっくに愛想を尽かされている。幸せな家庭を育んでいく絵図など、どう考えても描きようがない。

そして私と姉は顔を見合わせた。

腐っても双子の姉妹だ。性格は異なっていても、お互いが考えていることは手に取るようにわかる。どうあっても合理的としか思えない解決法がこの瞬間、天啓のように降りてきた。視線を交わすだけで、私と姉はある種の共犯者にお互いがこれからなるであろうことを察して、思わず笑みをこぼした。姉の笑顔は無邪気とさえ呼べるものだった。そしておそらく、私の笑顔も姉と同じ種類のものだったろう。

この日、私と姉は確かに混じり合い、重なり合っていた。一卵性双生児の面目躍如だ。

「姉さん。相談があるんだけど」

「奇遇だね。私もあんたに相談があるんだよ美鶴」

Day7

ゲームクリアだ。おめでとう。


そう言い残して依頼人は倒れた。

セルリアンタワーのツインルーム、三人で使うことは想定していないバスルームにて、彼女の体調が急変したことがはっきりと見て取れた。詩愛と心逢は慌てふためきながらも即座にマネージャーを呼んだ。

そしてどうやらこうなることを想定していたとみえるマネージャーは、的確な対応をしてくれた。らしい。

らしい、というのは、詩愛と心逢がパニックに陥ってしまったからだ。なにもできず、うろたえるばかりで、けいれんや嘔吐を繰り返す依頼人に声をかけることさえためらわれて、「服を着ておいてください」とマネージャーから指示されなければ、救急隊員の前で赤っ恥をかくところだった。

依頼人はそのまま担架で運ばれた。

部屋から運び出される寸前「すまないね」と依頼人が微笑んだのだけは覚えている。

「あとは医者の領分です」

呆然と立ち尽くす双子たちへ、マネージャーが声をかけた。

「わたしは今晩ここに泊めさせてもらいます。こういう状況を想定して、あらかじめ先生からあとのことは頼むと言いつけられていますので。詩愛さんと心逢さんはお休みください。まずは落ち着いて冷静になって。大丈夫、すぐにどうこうということはありません」

詩愛と心逢は言われるままに従った。

放心していた、と言っていい。母と同じ顔をした人が、かつての母と同じように目の前で倒れる。頭が真っ白になってしまうには十分な体験だった。今すぐここで連帯保証人のサインを書いてください、と言われても従っていたかもしれない。

もそもそと歯を磨き、のろのろと着替えを済ませた。その間にマネージャーが、食べ散らかしたテーブルを片付けてくれた。すべては黙々のうちに進み、詩愛と心逢はベッドに潜り込んだ。眠れる気がまったくしなかった。

マネージャーはソファーに腰掛け、照明を消した部屋の中で事のあらましを語ってくれた。声も態度もつとめて事務的な彼女が語る内容は、おおむね双子たちが想像し、推理し、また聞き知った事実でもあった。

もちろん初めて知ることもたくさんあった。

依頼人・白雪美鶴は、日本国内での知名度は低いものの、英語圏でマルチな才能を発揮しているフリーのクリエイターであること。【NAZO MAKER Inc.】の親会社に顔が利き、少しばかりの無理は通せる立場にあること。

母・白雪静流のこと。表だってはいないものの、白雪美鶴が生み出した創作物――音楽、戯曲、小説、脚本など多岐にわたる――のインスピレーションは、少なからず白雪静流のアイデアや草案、習作（それらは定期的に白雪美鶴のもとに送られてきたという）が元になっていること。そしてその事実を白雪静流は決して表に出さず、白雪美鶴もそれを承知していたこと。「それゆえ、ということもあるんでしょう」とマネージャーは付け加えた。

「先生はあまり表舞台に出ないよう努めていらっしゃいました」

先生の才能もまた本物だったんですが。……ひとりごとのようにこぼしたその言葉は、マネージャーの本音であり、事実でもあるようだった。元はといえば自分は白雪美鶴に惚れ込んで、押しかけ弟子のような形でマネージャーに収まったのだ、ということも語ってくれた。その事件にまつわるエピソードはとても興味深いもので、なおかつ語り口がユーモアに富んでいて、双子たちはマネージャーの意外な実像と、それに伴う白雪美鶴の知られざる一面を垣間見るとともに、少しだけ緊張を解くことができた。

他にもいろいろなことを聞いた。

白雪美鶴の余命はおよそ三ヶ月と見込まれていること。

報酬の一億円について。その額面は、詩愛と心逢が相続すべき遺産であること。ご両親――あなたがたからみて祖母にあたる方は相続を放棄しています。びた一文受け取らないと。ただ、遺産の管理については二つ返事で引き受けてくださいました。わたしもその方が良いと思います。専門家の方ですし、口の固さも折り紙付きです——なにせこれまでずっと先生の存在をあなたたちに隠し通してきたんですから。いちど決めると梃子《てこ》でも動かないのは親子そっくりですよね。ああそれともう一泊、この部屋の宿泊を延長しておきました。今夜と明日はゆっくり休んで、それから元の生活にお戻りください。新幹線のチケットの手配もチェックアウトの手続きもこちらで済ませておきます。何かありましたらわたし、藤小路佳乃《ふじこうじよしの》まで。おそらく今後、何かと連絡を取り合うことになるかと思いますので。

……そんな話を聞いているうちに、詩愛も心逢もいつの間にか意識を手放していた。

心身ともに疲れ切っていた双子たちは泥のように眠った。

†

翌日。昼前まで眠った詩愛と心逢は、お互いに言葉少なだった。

味のしないぜいたくなブランチを胃袋に詰め込んでから、ふたりして街に出た。本日の酷暑はこの夏一番だと、あちこちでニュースが報道しているのを目にしながら、彼女たちはつれづれに渋谷を歩いた。

宮益坂下交差点。渋谷川にかかる八幡橋。宮下公園。東急百貨店跡地。西武。TSUTAYAにQUATTRO、かき氷の店、そして少し足を延ばしてスタッフと顔見知りになった喫茶店。

夕方になってマネージャーから連絡が来た。容態は持ち直しました。ただし面会は謝絶。

しばらく静養ののち、先生は日本を出国することになると思います。ゴーギャンあたりに倣って、残りの人生を南の島で謳歌しようかな、などと嘯《うそぶ》いています。それともう、あなたたちに会うつもりはない、とも。

もとより面会謝絶と言われたくらいで引き下がる詩愛と心逢ではなかったが、今回ばかりは我を通すのはためらわれた。会えたとしてどんな顔をすればいいのか。何の話をすればいいのか。母の話？　祖母との逸話？　創作についての意見？　これまで疎遠にしていた理由でも問いただしてみる？

事情など知るすべもない。心情の機微は当人にしかわかるまい。だがどんな理由があるにせよ、あの依頼人は、白雪美鶴は、死の間際になって自分たちに会いにきた。おそろしく遠回しなやり方だし、もしかすると本当に正体が知れないままゲームが時間切れになっていたかもしれない。当人はそれでよしとするのだろうが、詩愛と心逢にとってはたまったものではなかった。依頼人の正体に興味を持たなかったら、もしかすると本当に一生、母の双子の妹という存在に触れることなく人生を終えていたのかもしれないのだ。

「お医者さんはいい迷惑だったと思うね」

詩愛は呆れた。

「末期のがん患者だったら何をしてもいい、ってことにはならないですよね」

心逢も同意した。

そして詩愛がすっきりした顔で声を張った。

「大事なのは切り替え！」

渋谷の旅、最後の夕食は、ツインルームのテーブルを選んだ。

コンビニで買い込み、ケータリングも利用し、ルームサービスも惜しみなく使う。反省を生かして食べきれる程度に。

「あの人は会いたくないとか言ってるみたいだけど、明日とか明後日に死んじゃうわけじゃないよね？　だったらまだチャンスはあるって。マネージャーさんと連絡先も交換してるし、これで終わり、ってわけじゃないし。病気のことはもう……自分らじゃどうしようもないことだし。もちろん納得はしてないよ？　ほんとにあの人は身勝手で、こっちには言いたいことも聞きたいこともたくさんあって――でも仕方ないし。あっちにはあっちの事情もあるんだよ、きっと」

「ええ」

心逢はどこか浮かない様子だ。

むしろ上の空という方が近いかもしれない。冷めたピザの端っこをちまちまかじりながら、のどに小骨でも引っかかっているような顔をしている。

「うちのお母さんと双子の姉妹、ってことなら……どうせ何を言ってもぜったい聞かないっしょ？　だったらもう、ねえ？　家系なんだよ家系。おばあさまもそうだし、自分らだって人のこと言えないんだしさ」

「はい。まあ。そうですね」

「これまで一度も顔を見せにこなかったんだから。今になって名乗り出てくれただけでもよかったな、って。自分はそう思ってる」

「……でも、なぜ？」

「なぜってなにが？」

聞き返す詩愛に、うわごとのような調子で心逢は答える。

「おばあさまはうちのお母さんと縁を切っていました。だからおばあさまのことを心逢たちが知らなかったのは当然です。でもおばあさまと白雪美鶴さんは？　あのふたりも縁を切っていたんですか？　縁を切っていたから、心逢たちはこれまで白雪美鶴という叔母がいることを教えられてこなかったと？　そういうことなんですか？」

「それは……ええと、なんでかなあ？」

「お母さんの方はどうだったんでしょう？　お母さんと白雪美鶴さんも縁を切っていたんでしょうか？　双子の姉妹同士で仲が悪くて、それで心逢たちには存在を明かさなかったと？　でもお母さんと美鶴さんは連絡を取り合っていたんですよね？　マネージャーさんが言ってました、お母さんのアイデアがそれなりの頻度で美鶴さんに送られてきてたって。それに、これです」

心逢は十枚の絵はがきをテーブルに並べた。

そもそもの事の発端。旅が始まるきっかけ。

「心逢たちの思い出にまつわる絵はがきを、お母さんは心逢たちの誕生日に毎年、律儀に送っていた。仲が悪いんだとしたらおかしな話ですよね？　そもそも回りくどくないですか？『今年も娘たちの誕生日になりました』みたいなメッセージでも添えて、普通に絵はがきを送ったらよくないですか？　なぜわざわざ風景の写真だけを送ったんですか？たとえば心逢たちが写ってる写真を選んでもよくないですか？　依頼人さんは——美鶴さんは、絵はがきの消印の意味に本当に気づいていないみたいでしたけど、あれは何だったんですか？　というかお母さんと美鶴さんはメールか何かでやり取りをしていたはずで、心逢たちの近況報告をするだけならそれで済みませんか？　一体どういうことなんです？」

「自分に聞かれても困るって」

詩愛は眉をハの字にして、

「もう新しい情報、何もないもん。なんか変だなー、とは思うけど、お母さんと美鶴さんがどういう関係だったのか、自分らにはわかんないじゃん。それはたぶんお母さんと美鶴さんにだけわかることで——あとはおばあさまもかな？　なんにしても今はわかりようがないことだから。考えても仕方ない」

「詩愛さんは物わかりがいいですね」

「バランスを取ってるだけだよ。……明日はもうチェックアウトだし。今日は早めに寝るのがいいんじゃない？」

心逢は不満顔だったが、姉に理があることを認めた。昨夜に引き続き、ベッドに潜り込むや否や、双子たちは夢すら見ない眠りに落ちていった。

さらに翌日。双子たちは帰路についた。

新幹線の窓の外を流れる景色をぼんやり眺めながら、詩愛が聞いた。

「家に帰ったら何をしたい？」

「おばあさまを死ぬ気で詰めます」

「……んだよねえ。ある意味、ぜんぶあの人が悪いしね。でもたぶん……いろいろ事情、あるんだよね、きっと。遺産は一円ももらわない、って言ってたらしいし、適当なことをやってる人じゃないはずなんだよね。それにしたって意味わかんないけどね、双子の娘の片方の存在を、あれだけ徹底的に隠してたって……そんなに仲悪かったのかって」

「本気で仲が悪かったら残さないですよ、あんなに色んなものを。邪魔じゃないですか、CDとかLPとか小説とか漫画とか。それに引っ越しして田舎に引っ込んだりもしない。あれってつまり、心逢たちから美鶴さんを遠ざけるため、ってことですよね？　そうまでしてなぜ？」

「自分に聞かれても困る」

詩愛は駅弁のサンドイッチをつまんだ。

心逢は勢いよく流れていく窓の外の景色を見つめながら、その実、どこを見ているわけでもないようだった。集中している。瞳が宇宙の深淵のように濃く、透き通った色をしていて、星の果てまで見通そうとしているかのようにみえる。

「それとたぶん、おばあさまはあの招待状の筆跡をみて、差出人が美鶴さんだと察したんだと思います。だからすぐ心逢たちが渋谷に行くのを許した。娘の筆跡だと一発でわかる人が、情が薄いとも思えない。……なんでしょう？　何がわかってないんでしょう？　何かが――根本的な勘違いに気づきそうな、手が届きそうな、そんな気がしてるのに」

紙パックのお茶にストローを挿しながら、詩愛は口を挟まなかった。こういう時はそっとしておいた方がいい。我を忘れて没頭できるのは妹の長所だ。

「差出人といえば。絵はがきになぜ、差出人の名前も受取人の名前も書かなかったんでしょう？　誰が誰に送っているのかが明らかだから、わざわざ書かなかっただけ？　本当にそんな理由で？」

平日の午前、夏休みにしては新幹線の乗客はまばらだ。心逢のひとりごとを気にする客は近くにいない。詩愛はサンドイッチのレタスをよけて、心逢のサンドイッチに素知らぬ顔で挟み込んだ。

「ねえ詩愛さん」

「うげっ。見られてた？」

「どうして美鶴さんは、心逢たちの入れ替わりに気づいたんだと思います？」

「えっ？　ええとそれはあの人が理由を言ってたね。微妙な振る舞いの差とかしゃべり方の差とか。よくわかるもんだなー、って感心したけど」

「確かに見事な観察力だと思います。あの時は心逢も舌を巻きました。でも――今にして考えると、意味合いが違ってきませんか。あの人はお母さんとは双子の姉妹だったんです。それも心逢たちと同じ一卵性双生児の。そしてどうやらこれも心逢たちと同じ、本当にそっくりで生き写しな」

詩愛は真顔になった。

妹の言わんとするところをおおよそ理解したからだ。あの擬態には詩愛も心逢も絶対の自信があった。なるほど微細な差はあっただろう。だがその微細な差を瞬時に見抜けたのは驚嘆に値することだった。しかも白雪美鶴は、かなり早い段階でそれを見抜いていたとさえ認めていた。

一卵性双生児のすべてが試みる悪戯《いたずら》ではあるまい。だが詩愛と心逢は自然な流れとしてそれをやった。白雪静流と白雪美鶴もまた、子供のころに同じことを試していたのではないか。同じ発想、同じ思考回路で。

否。それどころか――

「ねえ心逢ちゃん。自分、思ったんだけど」

「なんですか？」

「なんていうかまあ、これはもう直感というか山勘というか、当てずっぽうに適当なこと考えてるだけ、かもしれないけど」

「奇遇ですね。心逢もたぶん、同じことを考えてます」

それきりふたりは黙った。

彼女たちの発想は、あまりにも飛躍した、現実とは思えない空想であるように思えた。もしそれが事実であれば。自分たちは取り返しのつかない過ちを犯そうとしているのかもしれない。いやそれ以上に——詩愛も心逢もなによりまず、正当と言っていい怒りの感情を、間違いなく抱くことになるはずだった。だが……返す返すもそんなことが現実に起こりうるのか？　しかし状況証拠を整理すれば整理するほど——双子たちがよく知っている母・白雪静流、そして短いながらも濃密な時間を過ごした依頼人・白雪美鶴ならば、その選択肢を採った可能性は、十分すぎるほどあると思えてくるのだ。

やがて新幹線は最寄り駅に到着した。

改札を出るところで祖母が迎えに来てくれていた。いかにも昭和の女、あるいは武門の子女、といった趣がある。顔の作りはともかく、この人から静流・美鶴の姉妹が生まれたとは、ちょっと想像がつかない。

「ただいま戻りました」

「ご心配をおかけしました」

詩愛と心逢は頭を下げた。祖母は、おかえり、とうなずいただけだった。

もとより無口な保護者だ。出迎えの言葉はそれだけだろうと踏んでいた。縁を切っているであろう我が娘の話は、進んで語りたくなるものでもないはずだ。

だからその不意打ちは、言葉の意味どおり、まったくの唐突にやってきた。

祖母は続けてこう言ったのだ。

静流には会えましたかと。

一瞬、何を言われたのかわからなかった。

次いで、岩の塊で頭を殴られたような衝撃が詩愛と心逢を襲った。

白雪静流。五年前に死んだ母。

わずか数日前の話。初めて存在を知った叔母・白雪美鶴の存在。そっくりな双子――まるで詩愛と心逢のように瓜ふたつで鏡映しの。

一杯食わせてやろうとした試みを仕損じた記憶。詩愛が心逢に、心逢が詩愛に化けていたことを、依頼人は正確に言い当てた。入れ替わりのクオリティに自信はあった。それがあっさりと。なぜ？

発想は飛躍などしていなかった。

詩愛と心逢、どちらが口にしたのかはわからない。あるいはふたりとも同時に口にしていたかもしれない。

「――あンの、くそあま！」

人生で一度も発音したことのない罵声をここに居ない相手に叩きつけながら、ふたりは旅行かばんを放り投げて駆け出していた。

まだ間に合う。いや間に合わせる。
やられっぱなしは白雪姉妹の性に合わない。

Interlude　sideS-6（Day8）

本当に性格が悪いですね。とマネージャーは嫌味を言った。

だがその評価は正確ではない。単純に私は身勝手で、自分の欲求に忠実なだけだ。必要と思う時に日本に戻って、必要と思う時に日本を出る。まして私は末期のがん患者だ。おかげさまでまた体調も持ち直した。であれば、少しばかりの我を通すのは、極度に周りに迷惑を掛ける場合を別にして、まあまあ大目に見てもらいたいと思うし、そう思うのは人の性《さが》ではないだろうか。

そう説明すると、性格が悪いというより人でなしです、とマネージャーは評した。その意見にはまったく同意できるので、私は別のことを訊いた。

「例の手記について」

羽田空港は今日も混んでいる。車椅子を勧められたが断った。自分の脚で歩けなくなるのも遠い先ではない。多少のリスクはあったとしても、使えるうちに自分の両脚を使っておきたい。といって、荷物持ちはマネージャーに任せることになるわけだが。

「もう何度も話したことだが、あとのことは君に任せる。あの双子たちと相談するもよし、出版社に諮るもよし。なんなら燃やしてもらっても構わない。もともと美鶴にはその意思があったようだからね。死ぬ前に心変わりして私のところに送りつけてきたようだが……さすがの私も迷いに迷ったがね――結局は好きにさせてもらった。この一週間の記録は、世に問うにせよ、そうしないにせよ、何かしらの価値を生んだものと自負している。美鶴がどう思うかはわからないが、まあ苦笑いぐらいはしてくれるだろうさ。死人に口なし。生きているうちは私の勝手にさせてもらうよ」

「承知しました」

スーツケースをふたつ引いているマネージャーは事務的にうなずいて、それから立ち止まって一呼吸おいた。確かに決して軽い荷物ではない。

「空港のスタッフに手伝いを頼むべきだったかい？」

「いいえお気遣いなく」

「私の歩みも大概ゆっくりだが、今は君の方こそ病人のようにみえるね。荷物が重いにせよ疲れているにせよ、無理はせずともいいのに。私みたいになるよ」

「お気遣いなく。……いえ、では休憩がてらにですが」

マネージャーは雇い主を見上げて、

「先生に聞きたいことがあります。先生にとって妹さんは――白雪美鶴先生は、どんな人だったんですか」

「今さらその質問かい？　……妹だったよ。双子のね」

立ち話は身体にこたえる。私は手近なベンチに腰を下ろした。マネージャーは立ったままスマートフォンを取り出した。疲れているなら遠慮なく座ればいいのに。

「私が理解している限りにおいては、彼女は天賦の持ち主で、才能の面から語るなら私は彼女の影のようなものだった。だがそれはいい。お互いに望んだことだからね。私と彼女の関係は……言葉にするのはとても難しいんだ。でもこれだけは言える。私も美鶴もお互いを尊重していたつもりではいるんだ、自分たちなりのやり方でね。他人に理解してもらおうとは思わないさ。でもね、私たちふたりにしか理解し合えないことが、私たちには確かにあったんだよ」

「今でもよくわからないことがあります」

スマートフォンを手にしたままマネージャーが訊いてくる。

「あの十枚の絵はがき。なぜ、差出人も受取人も名前が書かれていないんでしょうか？　差出人は白雪美鶴先生、受取人は白雪静流先生——わかりきったことだから、と言われたらそれまでかもしれませんが。やっぱり合点がいかなくて」

そうか。彼女にはわからなかったか。

それにしても今日のマネージャーはいささかおしゃべりだ。万事に控えめで慎ましく、それこそ影のようにいつも付き添ってくれているのに。この国での一週間は——いろいろな根回しをする必要があったから実際にはもう少し長い期間だが——彼女にとっても何かしらの感傷を誘う旅、であったのかもしれない。

もちろんそれに付き合わせたのは私だ。多少は詫びの気持ちも込めて答えた。

「私にはわかるよ。美鶴から直接聞いたわけじゃないが……私にはわかる」

「……教えていただけますか？」

「それがあの子にとって最後の《白雪美鶴》だったから」

保安検査場の上部に掲げられた大きな大きな時刻表を見上げながら。私はなるべく丁寧に言葉を選ぶよう心がける。

「私は――白雪静流は私自身を殺し、美鶴は美鶴自身を殺した。そうしてお互いがお互いに化けの皮を被ることに合意して……私にとっては十五年、美鶴にとっては十年ほどになるか。私は《白雪美鶴》として生き、あの子は《白雪静流》として生きた。私は自分が産んだ双子の娘たちを捨て、美鶴は生まれてくるはずだった双子の娘たちをある意味で取り戻した。繰り返すが、私たち姉妹の間で完全に合意した上でのことだ。よそ様の迷惑は顧みずにね。母にはことさら迷惑を掛けてしまったが……まあそこは諦めてもらうしかないな。とっくに私はさじを投げられている立場だったからいいとして、表向きの美鶴は普通の子だったから。母はさぞかし悲嘆に暮れたことだと思うが」

もう十五年になるのか。母の顔を最後に見てから。

私と美鶴の提案に、母が今にも膝から崩れ落ちそうな顔をしていたのを、昨日のことのように思い出せる。

私たち姉妹が自ら選んだ罪深い道。母を巻き込んだのは不本意だが、何せ私は人でなしであることにかけては人後に落ちない。諦めてもらうより他ないだろう。

「さてあの絵はがきだが。迷いが出るのは人情だと思わないかい？　《白雪静流》として生きている白雪美鶴が、《白雪美鶴》に戻ることができるかもしれない、ほんのわずかな瞬間だ。秘密は私たちだけのものだし——母は別だよ、縁を切っているからね——私とあの子の間でだけなら、あの子はかつての自分に戻ることができなくはなかった」

場内のアナウンスが、バンクーバー行きの便が遅れていることを知らせている。

羽田のロビーは親子連れが目立つ。夏休みにバカンスとしゃれ込むのか、あるいは単に田舎に帰省でもするのだろうか。総じてどの顔も明るく、どこを見渡しても前向きな活気に満ちている。何をしでかしたものか、親に叱られる子供、子供を叱る親の姿もあちこちに見られるが、それもまた幸福のひとつの形なのだろう。

「あの子はね、白雪美鶴は——本質的なところで普通の子だったんだ。私とはちがって」

私は持論を続ける。

「本当にまっとうな子でね。《白雪静流》になりきって人生を送り、きちんと娘たちを育てながらも、ずっと罪悪感を抱えていたのは容易に想像できる。その迷い、ゆらぎの表れなのさ、差出人も受取人も名前を記さなかったのは。〝静流〟と〝美鶴〟、どちらの自分でその瞬間はあるべきなのか、あの子は決めきれなかったんだろう。それゆえに差出人の名前も受取人の名前も書き込まなかった。たまに思い切りのいいことをするが、本質的には生真面目すぎるほどの妹だ。きっと苦労が多かっただろう。私のように大雑把に生きられたら、もう少し楽ができたんだろうが」

そこで語るのを区切り、私はひと息ついた。

マネージャーは感想らしい言葉を何も口にしなかった。表情も姿勢も変わらない。気配の薄さ、存在感の少なさもいつもどおりだ。ただ、彼女も内心では何かしら思うところはあるだろう。白雪家に連なる人間を除けば、彼女は唯一、今回の件の事情をすべて知りうる立場にある。そしてこれまでさんざん私に尽くし、振り回されてくれた身として、訊きたいことを訊く権利もあるはずだ。今後おそらく、私の身辺の整理は彼女に任せることになるだろうし、白雪家との取り次ぎ役も彼女が受け持つことになる。さすがの私も彼女を粗雑にはあつかえない。

私は時計を確認した。まだ出発まで時間はあるが、いくらでも余裕がある、というほどでもなさそうだ。

「もうひとついいですか」

そろそろ行こうかと立ち上がりかけたところで、マネージャーが機先を制すように、

「なぜ、今になって詩愛さんと心逢さんに会おうと思ったんですか？　先生らしくない、あんな回りくどいやり方までして」

ふむ、と私は自分のあごを撫でた。

今さら恥も外聞もないが、それでも語るに気が進まないことはある。だがここは語るべき時と場合であると思えた。

「難しい話じゃない。不意に気が変わったんだ。そろそろ死ぬというころになって未練が

湧いた、それだけのことさ。それと私は――」

　思い出す。

　双子たちと待ち合わせた喫茶店。十枚の絵はがきを見て、あの子たちは首をかしげていた。その気持ちは我が事のようによくわかる。

「絵はがきの意味が本当にわからなかったんだよ。私にとってあれは真実、何を意味しているのかわからない便りだったんだ。渋谷の景色を写しているのはわかったが、それ以外には何の共通点も見いだせなかった。近況報告か何かのつもりだろうか……と雑に判断していたな。……あらゆる意味で私と美鶴が共犯関係にあったことは、君はもう知っているはずだね？」

「はい」

　うなずいて、マネージャーはすらすら答える。

「白雪静流先生の名義で世に出た作品の何割かは、白雪美鶴先生との合作によって生まれたものです。その事実は表に出さない、作品の対価は白雪美鶴先生にもお渡しする。そして原則、白雪静流先生と白雪美鶴先生は接点を持たない。――およそ、そんな約束ごとを交わしていたと聞いています」

「君は優秀だ」

　彼女の記憶力に私は満足して、

「双子たちに会って三日目だったね。『この絵はがきの消印、私たちの誕生日です。十枚すべて』とあの子らに教えられたのは。私はね、本当に気づかなかったんだよそのことに。呆れるやら笑ってしまうやら……心の内を隠すのには苦労したとも。マスクとサングラスがなければ間違いなくバレてしまっていただろうね。私はやはり人でなしだ。腹を痛めて産んだ子たちの誕生日を忘れる母親がどこにいる？　いやしないよ、そんな母親は、この世界のどこを探しても。だから彼女たちは私の子ではない。証明完了だ」

「………」

「その時点で、私は私の目的をひとつ果たしてしまった。絵はがきの消印の謎と絵はがきに写った景色の意味が、それでひとつに繋がったからね。あれは美鶴にとって、ある種のダイイング・メッセージだったわけだ。私たちは私たちをお互いに殺して入れ替わった、死人は口を利かない、というのが私と美鶴の共通の認識だったから」

「……おっしゃっていることを理解しかねるんですが」

「そうだろうさ。私と美鶴にしか理解できない感覚だろう。自分を殺しきれなかった美鶴があの絵はがきを送ってきた心情が、私には理解できる。この理解は私たち姉妹の特権でね。他の誰にもわかった気になってはもらいたくないんだ。……いや待てよ。そうか。もしかしてそういうことだったのかもしれないな」

不意に思いついた仮説にその瞬間、私は考え込んでしまった。「ひとりの世界に入り込まないでください」マネージャーに咎められて私は顔を上げる。

「いやね、あの絵はがきは一種の《お呪い《まじな》い》だったんじゃないか、と思ってね。だとすると……あの子らしい、本当に。どうしても割り切れない何かがこびりついていたんだろうね、彼女の精神《こころ》の中に。それであの、真意が届くかどうか定かでない絵はがきに至ったのか。悟られるか悟られないか……私は試されていた？　悟られないまでも、記憶の片隅に残るある種の時限爆弾みたいに機能させようと？　そして私はある意味では思惑どおりに動いてしまったわけか。捨てた子供と顔を合わせるなんて願い下げだと思っていたのに。……いや、参ったな。美鶴のやつ、まさか十五年前からこのことを計画していたんじゃあるまいね？　だとしたらすっかりいいように踊ってしまったじゃないか」

途中からひとりごとみたいになった私の言葉をしかし、マネージャーは一言一句聞き逃すまいと耳を傾けているようだった。

しばらく考えてから彼女は言った。

「おっしゃるとおり、わたしには静流先生と美鶴先生の関係の、本当のところはわかりません。ですがあの十枚の絵はがきを送ってきた美鶴先生の願いには、ひとつ、ぴったり当てはまりそうな表現があります。本来の言葉の意味とはちがってしまうんですが」

「へえ。聞こうじゃないか」

「言霊《ことだま》」

ふふ、と笑った。

もちろんマネージャーがではない。私が漏らした苦笑、あるいは失笑だ。

「そういうのはね君」

私は指摘する。

「むしろ《呪《のろ》い》と呼ぶんだよ」

ぼちぼちキリのいいところだろう。

今度こそ私は立ち上がった。これだけの動作でも身体が悲鳴をあげる。だが私は意地を張るのが大好きな生き物だ。老人のようにひと息もふた息もつき、それから保安検査場に向かって歩こうとして、

「最後にもうひとつ訊いても？」

「……今日の君は本当におしゃべりだな。まだ何かあるのかい？」

「叔母として生きる道はなかったんでしょうか」

私は首をかしげた。

首をかしげたことを不思議に思ったらしい。マネージャーも首をかしげる。

「静流先生は自分を殺して、存在を消して、美鶴先生にも詩愛さん心逢さんにもいっさい関わろうとしませんでしたが。姉妹で立場を入れ替えるという状況はそのままで、美鶴先生や、詩愛さんや心逢さんともたまには顔を合わせて、食事をしたり買い物にでも出かけたり、そんな未来も普通に選択肢としてあったんじゃないでしょうか？　美鶴先生の化けの皮をかぶって、何食わぬ顔で普通に生きることもできたんじゃないでしょうか？」

私は目を見張った。

「君はいったい全体、これまでの話の何を聞いていたんだい？　今まさにその理由を説明

してきたんじゃないか。懇切丁寧に」

「ええ、はい、もちろん。それはその通りだと思うのですが。ですがやはり、わたしにはわからなくて」

聡明なこのマネージャーでも得手不得手はあるようだ。まあそれはそうか。人は誰しも自分の資質に振り回されながら生きている。私だって例外じゃない。

「じゃあひとことだけ言わせてもらおうかな」

わずかに考えて私は言葉を選んだ。

この言い方であればきっと私の意図は彼女に伝わる。国語のテストの解答であれば満点を取れるだろう。

「君も一度、子供を捨ててみるといい。そうすればきっとわかるさ」

マネージャーは不服そうな顔だった。

遊園地帰りとおぼしき親子連れが、マスコットキャラクターのグッズを体中に身につけて、小走りに駆けすぎていく。笑い声がこだまを引きずって耳に残る。

私は保安検査場に足を向けた。

話を切り上げた意図を正確に察して、マネージャーが私の背中に声をかける。

「飲み物を買ってきてもよいでしょうか」

「チェックインを済ませてからでもいいんじゃないかね。搭乗の時刻までそれほど余裕があるわけでもない」

「必要なものが必要な時にいつでもあるとは限らないでしょう」

「まあいいさ。好きにしなさい。私は先に行こう」

マネージャーは一礼した。

彼女が顔を上げる前に私は前を向き直り、そしてどうやら自分がはめられたらしいことを知った。

双子がいた。

白雪詩愛。白雪心逢。

もう田舎に戻っているはずの。

「間に合った」

双子のどちらが口にしたのかを、私は聞いていなかった。それどころではなかった。

私は彼女たちに見惚れていた。肩で息をしながら、仁王立ちになって、保安検査場の前に立ち塞がっている。振り乱した髪、こめかみから流れる汗。ぜったいに逃がさないと、吊り上げた眉が雄弁に語っている。

きれいだな、と私は思った。

私にまだ時間が残されていたら、何かの創作物に落とし込まずにいられない光景だった。

一方で私は冷静でもあった。意図的だったか否かはさておき、年老いた母が口を滑らせたのは想像に難くない。むしろここまでよく無理を聞いてくれた。とてもじゃないが責める気にはなれない。

そして我がマネージャーは実に優秀な人材だが、ただひとりの身内がユダだったとすれば手の打ちようがない。この日、この時間に羽田を発つことを知っているのは彼女だけだ。時間を稼ぎ、会話を引き出し、気をつかってこの場まで離れた。大人しい顔をしてやってくれる。これだけ如才なければ将来は安泰だろう。

それに彼女は素知らぬ顔でスマートフォンをいじっていたが、私だったら会話の内容が筒抜けになるよう細工する。実際、私の前を通せんぼしているふたりは、電源がオンになったままであろうスマートフォンを片手に握りしめている。

「老兵はただ去るのみ、としゃれ込ませてくれないかな」

私は最後の抵抗を試みた。

妹の方が息を切らしながら、怒りを押し殺した声で言った。

「そうは、いきません。やられたら、やり返さなきゃ、気が済まないので」

「君たちには悪いことをした」

私は謝った。

謝ることには何のためらいもない。

「それでいちおう、私なりに誠意は見せているつもりでいるんだが。足りない、と言われたら返す言葉もないな。だけどもう、渡せるものはぜんぶ渡す手はずになっているし、詫びのしようはこれ以上ないと思っている。まあやり返したいというなら仕方ない、逃げ損ねてしまったからには甘んじて受けるさ。私のような死に損ないが、追いかけっこで君たちに勝てるはずもないしね」

いや、もしかしたら可能だろうか？

他愛もない妄想に私は駆られた。マネージャーの姿はない。がんに侵された身体の調子は日替わり定食みたいにまちまちで、今日はかなり良い方の部類に入る。邪魔で仕方のなかった保冷剤入りのトレンチコートももはや着る必要がなくなった。ここできびすを返して思いっきり逃げ出してしまったらどうだろう？　双子たちは全力で走ってきたようだし、私は美鶴と違って駆けっこは陸上部なみだ。そんなことをしたら寿命が縮むだろうか？　だが今さら縮んで惜しくなる寿命でもない。私が取り組むべき最後の心残りは、もう何日も前に済ませた。

「男同士だったら、ぶん殴っていたかも、しれません」

まだ整わない呼吸のまま妹の方が言う。

「でも、心逢たちは、男じゃないので。別のことをします。言いに来たんです、ひとことだけ」

そうなのか、と私は拍子抜けした。

ぶん殴られるのはもちろん、得意の嘘泣きも、さらには土下座までも視野に入れていたのだが。育ての親に似て、彼女たちは優しい子であるらしい。

それに好奇心も湧いた。これぞ職業病というやつだろう。双子たちに会い、絵はがきの意味を探るためにわざわざ《謎解きゲーム》の舞台を苦労して用意した時の気分と、これは源泉を一にしている。

「聞かせてもらいたいな」

状況を忘れて私は前のめりになった。悪癖としか言いようがない。

「ひとこと、私に何を？」

妹の方がうつむいた。

くちびるをかんでいる。息はまだ荒いままだが、全力で走ってきた結果として心肺機能が全稼働しているから、というだけの理由ではないとみた。真っ赤に上気している顔が、同時に血の気を失っているようにみえる。相反する感情が、四角い箱の中にゴム玉をたくさん詰め込んで力任せに振り回したように、彼女の心の中で跳ね回っているのだろう、と察せられる。

こういう時は姉の出番だ。

「じゃあ自分から」

白雪詩愛が前に出た。

そして彼女は笑顔で言った。


「さようなら。お母さん」

――やられたな、と私は認めた。

次いで妹の方も、遅ればせながらこう言った。

「産んでくれてありがとう。お母さん」

謎の依頼人のコスプレ姿を捨ててしまったことを、これほど後悔することになるとは。サングラスかマスク、せめてフェルトハットでもあれば、少しは顔を隠すこともできたろうに。

「参ったよ。完敗だ」

私はうつむきながら両手を上げた。

口元に笑みを浮かべたつもりではいる。だが、本当にうまく笑えていたかどうかは娘たちだけが知るところだろう。

†

「参ったよ。完敗だ」

依頼人が両手を上げた。

本心からの言葉だろう、と詩愛と心逢は察した。依頼人が口元に浮かべた笑みから確信を得たのだ。完全勝利。ざまあみろ。

「これではもう、ただの《嫌味な依頼人》として記憶されたまま終わることは、どうやらできそうにないな。いや参ったよ本当に。母親と娘はやはり似るものだ。そしてどうやら私はまた、呪いを受けることになってしまったらしい」

依頼人が歩いてくる。

詩愛と心逢は道をあけた。

「私は涙を置き忘れて生まれてきた質《たち》でね」

姉妹の間を通り過ぎる間際。依頼人は立ち止まった。

「妹が死んだ時でも、自分が死にそうになっている今でも、ちっとも泣けやしないんだが。君たちはそうならないことを願う。涙を流せないのはとてもよくない呪いだから」

そして、ぽん、ぽん、と。

そっと撫でるように、詩愛と心逢の頭に軽く、一度ずつだけ触れた。


「さようなら、私の可愛くない双子たち」


依頼人の気配が保安検査場の向こうに消えていくのを、詩愛も心逢も背中で感じ取っていた。だが決して振り返ろうとはしなかった。仁王立ちのまま立ち尽くすふたりの横を、何組もの搭乗客が、ぎょっとした顔で通り過ぎていった。

詩愛がふと肩の力を抜いた。

「心逢ちゃん」

心逢も肩の力を抜いた。

「なんですか」

顔を見合わせた。

そして同時にはは っと笑った。

「心逢ちゃん泣いてんの？」

「泣いてないですよ」

「泣いてるじゃん」

心逢は目尻をぬぐった。温かい液体が手の甲に染みを作っている。

「詩愛さんだって。泣いてますよ」

「え、マジで？」

詩愛も目尻をぬぐった。涙がべったり頬を濡らした。

「あはは。ほんとだ」

「なに笑ってるんですか」

「いや泣いてるんだけど」

「ですよね。でも笑ってます」

ふたりで指を差して笑い合った。その顔が、握りしめた紙のようにくしゃくしゃになり、詩愛と心逢は声をあげて泣きだした。幼子のように。捨てられた子供のように。あたりを憚らずにわあわあと泣いた。空港ロビーの隅々にまで響き渡る声で泣きじゃくった。驚いた係員の女性がおろおろした様子で大丈夫ですか何かありましたかと声をかけてくれても、返事をすることさえできず、ずっとずっと、残された娘たちは泣きに泣き続けた。

双子は二度、母を失った。

Interlude (Last smile)

奇妙な気持ちだった。

手荷物検査のゲートを過ぎた後でもなお、娘たちの慟哭《どうこく》が聞こえてくる。

そうなるかもしれない、と想像していなかったわけではない。だがほとんどあり得ない可能性だろうと踏んでいた。娘たちは中学生に似合わず大人びていて、口が達者で行動力もあって、十分な洞察力もあって、つまりやはり、大人だった。大人は泣かない。あんな風に、まるで捨てられた子供みたいには。

まあ捨てたのは私なのだが。それも二度にわたって。

しつこいほど繰り返すが私は人でなしである。泣き喚かれたからといって慰めはしないし、ましてや引き返したりもしない。そもそも十分すぎるほど私は矩《のり》をこえている。この場に居るだけでルール違反も甚だしいのだ。娘たちは妹のもとへ、白雪美鶴のもとへ置いてきた。あの子らは美鶴の子供であり、私のそれではない。

死に損ないが死の間際に、ホルモンバランスだか何だかが崩れたとかそんなのが原因で、ついうっかり節を曲げた。苦労して迂遠なゲームまで用意した。今回のことは、それで収めなければならない。逸脱があってはならない。

「先生」

マネージャーの声が背後から聞こえた。私を罠にはめたことを確認して追いついてきたのだろう。その結果は見ての通りだ。せっかく可愛い顔に生まれてきたのにかわいそうに、双子たちは鼻水まで垂らしながら衆人環視の中で泣き顔を晒しているに違いない。

まあマネージャーもさんざん私に振り回されてきたクチだ。娘たちと同じく復讐の権利は持っていてしかるべきだろう。戻って娘たちを抱きしめろ、などと愚にもつかないことを言わないあたりも評価する。

とはいえ皮肉のひとつも言ってやらないと気が済まない。

私は足を止めてマネージャーを振り返った。

ふたりぶんのトランクを引く彼女は、急いで走ってきたのだろう。息を切らし、額にはんのり汗も滲ませていた。

それよりも私の首をかしげさせたのは、振り返った私の顔を見たマネージャーの表情の変化だった。

彼女はまず、口をゆっくりと開いた。

それから同じくゆっくりと、きれいな二重まぶたの目を大きく見開いた。

さらに私をいちばん驚かせたのは、彼女の両の目から透明なしずくがぼろぼろとこぼれ落ち始めたことだった。

「先生」

またマネージャーが言った。だけでなく「先生、先生」と何度も呼んでくる。壊れた機械よろしく。

さてはもらい泣きか、と私は見当をつけた。娘たちとマネージャー、短いながらも言葉を交わす時間はあっただろう。ほとんどあらゆる事情を承知してもいる。双子たちの号泣に感情移入したとしても不思議はない。

皮肉でえぐるのは堪忍してやろう。柄にもなく慈悲の心に目覚めて、私に搭乗口のある方へ再び足を向けようとした。それでもマネージャーは「先生、先生」と呼びかけてくる。縋り付かんばかりの様子で呼び止めようとしてくる。

なんだね、とさすがの私も渋面を作った。彼女が何を言いたいのか、何をしたいのか、さっぱりわからない。

「先生。気づかないんですか。気づいてないんですか」

だから何が――と言おうとしてはっとなった。

湿った感覚があった。

水っけで湿り、気温と体温で揮発する、あの独特の感触が。私の腕のあたりに発生している。ひとつふたつ、いやそれよりもずっと多い箇所で。雫。私の腕にべったりと張り付いている。一体どこから落ちてきた？

「先生、先生」

私の腕をぎゅっと掴んで、彼女は半ばくずおれるようにして、同じ言葉をずっと発している。彼女は感極まっているのだ、と私はようやく理解した。

そして私はもっとはるかに致命的な事実にも気づいてしまった。

泣いているのか私は。ぼろぼろと涙をこぼしているのか。あられもなく、人目も憚らず、いい歳をして、立場もわきまえずに。

——ああだめだ。

私は、私はそれだけは決してすまいと決めていたのに。そしてほんのついさっきまでは、あるべき姿たりえていたのに。

今この瞬間。芽生えてしまったじゃないか。認識してしまったじゃないか。あってはならない自覚が。母親としての感情が。

双子たちの呪いの言葉。あるいは祝《ことほ》ぎの言葉。

ニーチェの有名な警句。深淵を覗いた者の末路。

今度こそ、本当の本当に今度こそ、完敗を認めるしかなかった。

だけど私は真性のへそ曲がりだ。

マネージャーの肩に手を乗せて私は笑った。

「私はね、嘘泣きが得意なんだよ」

†

憎まれっ子世に憚る。

ありがとう子供たち。ありがとう私の大切な妹。
そして悪いねみんな。
どうやら私は幸せ者であるらしい。

And now, spring has come

白雪美鶴こと白雪静流は、告知された余命どおりに息を引き取った。そろそろ冬を迎えようという十一月のことだった。

客死、というやつが嫌いじゃなくてね。かねてから静流はそう嘯いていたらしい。息を引き取ったのはグアドループという南の島であったそうだ。故人の遺志に従って、葬儀は執り行われず、弔問献花の類いも一切を固辞、なきがらは島の片隅にある共同墓地に埋葬されたという。

「先生は」

あとからマネージャーから聞いた話だ。

「病室のベッドの傍らにいつもスキットルを置いていました。ベッドに横たわりながら、飽きもせず眺めていらっしゃいましたね」

穏やかな顔でしたよ。彼女はさらにそう付け加えた。

スキットルの中身はビンテージ物のラム酒だとか。「ストックがありますので大人になったら差し上げます」スキットルそのものは、持ち主と共に土の中で眠っている。

後払いの報酬はひとりあたり一億円、ということになっていたが、実際に遺された財産はそれよりもだいぶ多い額面だったらしい。「具体的な金額は伝えないように、と先生から言いつかっています」とはマネージャーの弁。

詩愛と心逢には遺産を受け取らない選択肢もあり、どこかの慈善団体にでも寄付してしまう案もあったのだが、その点についてはマネージャーが頑として譲らなかった。

「あって困るものではないのがお金です。わたしには先生の遺産が妥当な用途に使われるのを見届ける責任があります。今は必要でないと思われるかもしれませんが、遺産の処分の仕方を決めるのはせめて十八歳を越えてからにしてください」

マネージャーの意見には、法が定めるところの後見人である祖母も同意した。

そして祖母といえば、詩愛と心逢があらためて思い知らされたことがある。彼女の強情かつ、物静かながら烈火のごとき性質についてだ。

というのも、祖母は白雪静流の痕跡を、彼女に採りうるあらん限りの手段を尽くして、この世から消し去ってしまったらしいのだ。写真や卒業アルバムはもちろん、子供の頃の表彰状やら、昔に書いた文化祭の脚本やら。うずたかく積まれているCDや小説もひとつひとつくまなく確認して、たとえば白雪静流の名前などが万一にも書き残されていないか、余すところなく調べたのだという。

もちろん記憶や記録は根絶しきれるものではない。白雪静流の交友関係に触れる機会が詩愛と心逢にひょんなことから訪れたとしたら。あるいは戸籍などを何らかの手段で調べたとしても、事実はすぐに明らかになったことだろう。

そんなことは百も承知で、可能な範囲の根絶を、祖母は実行していたというのだ。想像するだに気の遠くなる作業だと詩愛と心逢には思えた。あんなにたくさんあるCDやら小説やら漫画やらを、一枚ずつ、一ページずつ！　それでいて、祖母は娘たちが買い集めたものをすべて廃棄する選択は採らなかったのだ。

その話を聞かされた時、詩愛も心逢も唖然として言葉が出なかった。呼吸する時でさえ慎ましく振る舞っているようにみえる無口な祖母の、知られざる何かを垣間見た気がして、肝が冷える思いがした。そんな孫たちに祖母は言ったものだ——本性というやつは口数が多いとすぐにバレるものだから、と。

血は争えない。格言がつくづく姉妹の身にしみた。

そんないきさつがあったため、白雪静流の生前の姿を知ることは、いささか双子たちにとって困難であるかに思われた。

だがそこはさすがの敏腕マネージャー。白雪静流と白雪美鶴がふたりで写った写真が、一枚だけ遺されていたのを発見し、それを唯一の形見分けとして——あらゆる遺品を遺族に遺すことを、白雪静流は遺言で拒絶していた——詩愛と心逢にこっそり送ってくれたのである。「死人に口なし、ですからね」白雪静流のマネージャーを勤めあげただけあって、彼女も中々いい性格をしていた。

高校時代の写真だった。夏とおぼしき青空を背景に、制服姿の白雪静流と白雪美鶴が、屈託ない笑顔でじゃれ合う姿が鮮やかに写っていた。性格は正反対でも仲のいい姉妹だったことは、その写真一枚あれば十分に理解できた。

血は争えないという事実も再確認することになった。若い頃の静流と美鶴、そして現在の詩愛と心逢は、双子どころか四つ子かと思えるくらいに、そっくりな姿をしていたからである。

ふたりが着ていた制服もさっそく調べてみた。東京に学《まな》び舎《や》を置く、とある私学の制服だとすぐに判明した。

さらに調べてみると、その私立高校には学生寮も併設されているらしく、全国からあまねく有望な生徒を募っているらしい。ただし入学までのハードルはかなり高いとのこと。

詩愛と心逢の決断は早かった。翌日にはもう、進路志望の変更届を学校に提出していた。もちろん祖母には無断の行動であり、彼女を説得するには聞くも涙、語るも涙な苦労があったのだが、それはまた別の話。

「エッセイ、ドキュメンタリー、自伝、あるいはもっと別の形かもしれませんが」

白雪静流と白雪美鶴の遺稿についてもマネージャーは説明してくれた。

先生の遺言であり、【NAZO MAKER Inc.】の親会社との契約でもあります、先生と親会社は浅からぬ付き合いがありました、あなた方には出版を停止する権利があります、ただ私見を述べさせてもらうならこれは先生の遺作ということになりますし、マネージャーとしては何かしらの形で世に出したいと思っているのですが、おふたりのご意見をお聞かせ願えますか。

詩愛と心逢はしばらく考えた。

最初に依頼したのは、二人の母たちが保有していた著作権関連の目録――すなわち、母たちがこれまでにどんな創作物を生み出し、世に問うていたかの情報だった。

マネージャーが用意してくれた資料をざっと見て、双子たちは大いにうならされた。二人の母たちが関わっていた作品には、詩愛と心逢でも知っているもの、あるいは創作として純粋に評価していたものがいくつもあった。母たちの仕事ぶりは広く深く、ひとめで多才なキャリアが知れたし、関係者からの評価が高いことも見て取れた。

詩愛と心逢の方針はすぐに決まった。

白雪静流と白雪美鶴の遺稿は、娘二人の手で何かしらの形にまとめあげる。

白雪美鶴が書き残した手記の断片、それと白雪静流が書き足したメモの類、そこに詩愛と心逢が実際に見て触れて、経験してきたことを足していって、ひとつの作品として完成させる。そしてほんの少しでいい、どんな形でもいい、母たちが積み上げてきたものを、いつか詩愛と心逢が二人で超えてみせる。

マネージャーは二つ返事で賛成してくれた。

そしてある意味では意外、ある意味では当然なことに、マネージャーは敏腕の編集者として振る舞うこともできた。彼女の指導は容赦がなかった。受験勉強と並行しながら詩愛と心逢は高い壁に向き合うこととなった。白雪静流と白雪美鶴、このふたりの創作レベルに伍することができなければ、マネージャーは永久に花マルをくれないだろう。

ゆえに、その奇妙な合作の遺稿が世に出る見通しは、まだまったく立っていない。

ただし作品のタイトルだけは、詩愛と心逢の中ではもう決まっている。

マネージャーにはまだ伝えていない。だが、理由を聞いたらきっと納得してもらえるはずだ。

†

春になった。

詩愛と心逢は真新しい制服に身を包み、桜舞い散る中、新たに入学する高校の校門の前に立っている。通りかかる在校生、あるいは新入生たちの誰もが、双子たちの顔を振り返っては目を見開いている。

これから先、彼女たちは何かと評判の生徒になるだろう。なにしろ見た目に華がある。当人たちに言わせれば『絶世の美少女双子姉妹』なのだ。音楽や文芸にも少しばかり心得がある。全校の注目を集めること疑いなし。

「んじゃま、始めてみよっか」

「ええ。高校生活の始まり始まり、です」

「そういや考えたことなかったけど。もしかしてうちのお母さんたちのこと覚えてる先生とか、まだいたりするんじゃない？」

「いない方がいいかもしれないですよ。心逢たちの姿を見たら、お化けでも出たと勘違いして腰を抜かしてしまうかも」

「それなー」

屈託ない笑顔でじゃれ合いながら、自称・絶世の美少女双子姉妹は校舎に向かって歩いていく。

その顔が、その姿が、ただ一枚だけ遺された写真の中に写っていたふたりの母と、そっくりそのまま同じだったことを——詩愛と心逢は知るよしもない。

本作は書き下ろしです。
本作品はフィクションです。実在の人物や団体、地域とは一切関係ありません。

「最後の医者」シリーズ①

二宮敦人
最後の医者は桜を見上げて君を想う
written by Atsuto Ninomiya
自分の余命を知った時、
あなたならどうしますか？
TO文庫
イラスト：syo5

「最後の医者」シリーズ③

二宮敦人
The Last Doctors Think of You
Whenever They Look Up to Cherry Blossoms.
written by Atsuto Ninomiya
最後の医者は雨上がりの空に君を願う
〈下〉
全ての人は
誰かを救うために生まれてくる。
TO文庫
イラスト：syo5

TO文庫

双子探偵 詩愛＆心逢
さようなら、私の可愛くない双子たち

2025年5月1日　第1刷発行

著　者　鈴木大輔
発行者　本田武市
発行所　TOブックス
〒150-6238 東京都渋谷区桜丘町1番1号
渋谷サクラステージSHIBUYAタワー38階
電話 0120-933-772（営業フリーダイヤル）
FAX 050-3156-0508

フォーマットデザイン　金澤浩二
本文データ製作　TOブックスデザイン室
印刷・製本　中央精版印刷株式会社

Printed in Japan ISBN978-4-86794-494-3